संजीव

मूर्धन्य कथाकार संजीव का जन्म 6 जुलाई, 1947 को सुल्तानपुर, उत्तर प्रदेश में हुआ। 38 वर्षों तक एक रासायनिक प्रयोगशाला में कार्यरत रहे। सात वर्षों तक 'हंस' समेत कई पत्रिकाओं का सम्पादन और स्तम्भ-लेखन किया। लगभग दो वर्षों तक महात्मा गांधी अन्तरराष्ट्रीय विश्वविद्यालय, वर्धा और अन्य विश्वविद्यालयों में अतिथि लेखक रहे।

संजीव का अनुभव-संसार विविधताओं से भरा हुआ है। साक्षी हैं उनकी प्रायः दो सौ कहानियाँ और 'अहेर', 'सर्कस', 'सावधान! नीचे आग है', 'धार', 'पाँव तले की दूब', 'जंगल जहाँ शुरू होता है', 'सूत्रधार', 'आकाश चम्पा', 'रह गईं दिशाएँ इसी पार', 'फाँस', 'रानी की सराय', 'मुझे पहचानो' आदि उपन्यास। नवीनतम कृतियाँ हैं छत्रपति शाहू जी पर केन्द्रित उपन्यास 'प्रत्यंचा', पुरबी के अनन्य गायक महेन्द्र मिश्र पर केन्द्रित उपन्यास 'पुरबी बयार' और 'प्रतिनिधि कहानियाँ'। कुछ कृतियों पर फिल्में बनी हैं, कुछ की उन्होंने पटकथाएँ लिखी हैं।

उन्हें 'साहित्य अकादेमी पुरस्कार', 'कथाक्रम सम्मान', 'इन्दु शर्मा अन्तरराष्ट्रीय कथा सम्मान', 'पहल कथा सम्मान', 'सुधा कथा सम्मान', 'श्रीलाल शुक्ल स्मृति इफको साहित्य सम्मान' समेत अनेक सम्मान प्रदान किए जा चुके हैं।

सम्प्रति : स्वतंत्र लेखन।

सम्पर्क : writersanjiv@gmail.com

प्रार्थना

संजीव

राजकमल पेपरबैक्स

राजकमल पेपरबैक्स में
पहला संस्करण : 2024

राजकमल पेपरबैक्स : उत्कृष्ट साहित्य के जनसुलभ संस्करण

राजकमल प्रकाशन प्रा. लि.
1-बी, नेताजी सुभाष मार्ग, दरियागंज
नई दिल्ली-110 002
द्वारा प्रकाशित

शाखाएँ : अशोक राजपथ, साइंस कॉलेज के सामने, पटना-800 006
पहली मंजिल, दरबारी बिल्डिंग, महात्मा गांधी मार्ग, प्रयागराज-211 001
1, अनमोल सोराबजी संतुक लेन, धोबी तलाव, मरीन लाइंस, मुम्बई-400 002
वेबसाइट : www.rajkamalprakashan.com
ई-मेल : info@rajkamalprakashan.com

विकास कंप्यूटर एंड प्रिंटर्स
ट्रॉनिका सिटी-201 102
द्वारा मुद्रित

मूल्य : ₹250

PRARTHANA
Stories by Sanjeev

ISBN : 978-93-6086-095-0

जिन्होंने मेरे साथ ग़लत किया
या
जिनके साथ मैंने ग़लत किया हो
स्त्री या पुरुष
उन सभी
को

तमाम उम्र का हिसाब माँगती है ज़िन्दगी,
ये मेरा दिल कहे तो क्या जो ख़ुद से शर्मसार है।

क्रम

प्रार्थना

कॉलबेल बजी तो गायत्री ने पीपिंग होल से झाँककर देखा, कोई अजनबी खड़ा था। पूछा, "आप कौन?"

"केशव कुट्टी!"

"क्या काम है?"

"मिलकर बताने का।"

"आप मुझे जानते हैं?"

"हाँ भी और ना भी।"

"लेकिन मैं तो आपको जानती भी नहीं!"

"जान जाएगा।" सुनकर गायत्री को झुँझलाहट हुई, "पर मुझसे मिलना ही क्यों चाहते हैं आप?"

"दरवाज़ा तो खोलिए, सब समझ में आ जाएगा। डरिए नहीं, मैं आपका फ्रेंड हूँ...।"

झिझकते हुए दरवाज़ा खोला तो साँवले बदन और अच्छी क़द-काठी का प्रौढ़ खड़ा मिला, "नमस्कार मैडम!" आगन्तुक ने हाथ जोड़े। "नमस्कार!" उसने अनिच्छा से अभिवादन का उत्तर दिया और फिर पूछा, "कहिए, मैं आपकी क्या सेवा कर सकती हूँ?"

"आमारा नाम केशव कुट्टी! आपका हस्बेंड तो..."

"उनका एक्सीडेंट हो चुका है।"

"मालूम है।" उसने अपने थैले से एक अख़बार निकाला, "इसे देखिए।" मलयालम का कोई अख़बार लग रहा था जिसमें कोई चित्र था।

"ये 'आम' हैं। न्यूज़ पेपर में आपके हस्बेंड के एक्सीडेंट का ख़बर छपा था।"

"मैं मलयालम नहीं जानती और ये चित्र तो आपका है!"

"हाँ। उनका तो कोई चित्र मिला ही नहीं था।"

"उसके बाद क्या हुआ?"

"मैं तो सेंसलेस थी। फिर बेटर ट्रीटमेंट के लिए मामा जी विदेश ले गए। पाँच साल बाद लौटना हुआ।"

"कोई ईशू नहीं था आप दोनों का?"

"है, एक बेटी प्रार्थना, वह भी साथ गई थी। स्कूल गई है।"

"सच ए नाइस नेम! आप पाँच साल बाद लौटे। उनके बारे में कुछ बता सकता आप?"

"छह साल पहले का बता सकती हूँ, बाद का तो...जानती भी नहीं। सेंसलेस थी। सेंस आने पर भी जानने की इच्छा नहीं हुई। फिर क्या देखती, जब चेहरा ही न रहा!"

किसी भँवर में उसकी चुप्पी उलझकर रह गई। दीवार पर कोई चित्र था।

"किसका चेहरा है वो? आई मीन किसका फ़ोटो है? आपके हस्बेंड का ही न?"

गायत्री ने स्वीकार में मुंडी हिलाई। कुट्टी बाहर जाकर जूते खोल आया और घुटनों के बल बैठ गया। झुककर प्रणाम करने लगा। वह उसकी विचित्र हरकतों को देखती रही।

"माफ़ कीजिए, मैं आपको बिलकुल नहीं पहचानती!" कुट्टी जैसे

नींद में उठकर खड़ा हुआ, फिर उसने अपना एक हाथ हिला दिया, "इस आत को तो पहचानती होंगी?"

"नहीं।"

"यह उन्हीं का है, आपके हस्बेंड का।" झन्न-सा कुछ बजा, "उनका तो एक्सीडेंट हो गया था!" वह हकलाई।

"उनका हाथ ट्रांसप्लांट हुआ था।" वह कभी 'हाथ', कभी 'आथ' कभी आत बोलता, पाँच साल पहले का मनहूस अतीत घूम गया एकबारगी, जैसे घूम गई हो पृथ्वी, अपनी धुरी पर उसके सामने...स्कूटर से जा रहे थे वे कि एक ट्रक ने सामने से...

"उस समय मिलिटरी में था। एक माइंस एक्सप्लोजन में मेरा ये हाथ उड़ गया...इस न्यूज़ में है।" उसी हाथ से उसने परचम की तरह अख़बार को लहराया, "दोनों तरफ़ बैरिकेट लगाकर सारा ट्रैफ़िक रोककर ये हाथ पहुँचाया गया अमारे पास, कितनी जल्दी, कैसे—आमको कुछ पता नहीं!" उसकी आँखें चमक रही थीं, "इस दुनिया से जाते-जाते भी आनन्द जी माने आपके हस्बेंड साहब अपना यह हाथ दे गए मुझ बिना हाथवाले को। आश्चर्य, आपको नहीं मालूम?"

"नहीं। मरने से बच जाने के बावजूद मैं एक तरह से मर ही चुकी थी। ऐसा समझिए।"

"शॉक्ड?"

"आप जो कह लें। वह हादसा मेरा पीछा करता रहा, कहें, मुझे दबोचकर बैठ गया।"

"पाँच महीने बाद अस्पताल से रिलीज होने पर मुझे बताया गया कि आनन्द की बॉडी बुरी तरह पिस गई थी, पहचान तक के बाहर। अब मुझे लगता है, मुझसे झूठ बोला गया था ताकि फिजिकली फिट हो जाने के बाद भी मैं पीछे लौटकर अतीत को न देख सकूँ। धीरे-धीरे मुझे नॉरमल्सी गेन

करने दिया जाए।" वह धीरे-धीरे बोल रही थी जैसे पोस्टमार्टम से आई लाश को सहम-सहमकर खोल रही हो। वह उस हाथ को अभी भी विजातीय की तरह देखे जा रही थी, न स्वीकार कर पा रही थी, न अस्वीकार।

"आप अकेला है?"

"बताया न एक बेटी है। स्कूल गई है। एक साल की थी जब हादसा हुआ था। उस वक़्त घर पर थी। हमारे मामा आए थे, उनके पास।"

वह अभी भी हाथ को देखे जा रही थी। "ये हाथ नॉर्मल फंक्शन कर सकता है?"

"हाँ...!" उँगलियाँ हिलाकर, मुट्ठियाँ भींचकर, खोलकर, इधर-उधर हिलाकर कुट्टी ने फिर से हाथ फैला दिये। कच्चे-पक्के बालों से भरा मर्दाना हाथ और ये फैली हुई हथेलियाँ—उसमें लकीरों के जाले बुनती रेखाएँ, जैसे किसी खोए हुए आदमी की इबारतें।

वह आँखों और नाक को सिकोड़कर देखे जा रही थी, इसी हाथ से कितनी बार उसने मेरे इन वक्षों को दुलराया होगा, ये हथेलियाँ, उनमें जुड़ी इन उँगलियों ने मेरे गालों को, बालों को, पीठ को, गरदन को, नितम्ब और जाँघों को दुलराया-सहलाया होगा...

उसका बदन सिहर रहा था, एक-एक कर आ रही थीं स्मृतियाँ। वह कृतज्ञ भाव से उठी। उसने आनन-फ़ानन में चाय बनाई। फिर अपना आई कार्ड और चाय लेकर आई। कुट्टी के उसी दाहिने हाथ ने चाय थामी। वह भावुक होती जा रही थी। कुट्टी चाय सिप करके पी रहा था। बोला, "अमारा स्कीन डार्क। आनन्द साहब का हमसे व्हाइट। वो राइट हैंड है। ये अमारा ओरिजिनल रंग लेफ्ट हैंड को देखिए!" उसने दूसरे हाथ को भी अनावृत्त कर दिया। वाकई वह साँवला था, इस हाथ से अलग। उसने गौर किया—दाहिने हाथ की मध्यमा उँगली में जॉइंट पर तिल जस-का-तस उसे ताक रहा था। इस बार लज्जा, संशय को छोड़कर उसने दाहिने हाथ की

हथेलियों को चूम लिया, पहले होंठों से, फिर आँखों से।

कुट्टी ने हाथ वापस कर लिये और आस्तीन का बटन बन्द करने लगा, जैसे जता रहा हो, अब ये हाथ तुम्हारा नहीं, मेरी प्रॉपर्टी है।

गायत्री ने पूछा, "सिर्फ़ हाथ ही ट्रांसप्लांट हुए थे या और कुछ?"

"अपने पास तो सिर्फ़ आथ-ई आया। वैसे ट्रांसप्लांट होने को तो बहुत कुछ हो सकता है आजकल—किडनीज, आईज (आँखें)...इवेन स्किन भी। ये डिपेंड करता कि वे किस हाल में हैं। और भी कितने ही फ़ैक्टर्स हैं ब्लड ग्रुप एटसेट्रा एटसेट्रा। डॉक्टर लोग बता सकते, आपको नहीं पता।"

"क्या उनके उन ट्रांसप्लांटेड अंगों को, आई मीन, उन लोगों को देख पाऊँगी कभी?"

कुट्टी ने कन्धे उचकाए, "पता करने की कोशिश करते हैं। आपका इतना एहसान तो बनता-ही-बनता है। ये रहा अपना आई कार्ड। डॉक्टर तिरखा का पता करता, मिल गए तो सब पता चल जाएगा।"

"कौन डॉक्टर तिरखा?"

"आमारा भगवान! ह्यूमन ऑरगंस के ट्रांसप्लांटेशन का सेंटर डेवलप कर रहे हैं। पूरी टीम है एक्सपर्ट्स की, इसी कोयम्बटूर में।"

कुट्टी ने जूते पहने, हाथ जोड़कर अभिवादन किया और चला गया। वह उसको जाते देखती रही। लौटी तो अन्दर मुड़ गई, अतीत की भाँय-भाँय करती अन्धी खोहों और सुरंगों में। तब से कई-कई दिन तक—क्या दिन, क्या रात, क्या सुबह, क्या शाम? उसे मतिभ्रम-सा हो गया था। लगता जैसे आनन्द आस-पास ही कहीं हैं। बहुत क़रीब से आती-सी लगी उसकी आवाज़, "इन दकियानूस हठधर्मियों ने इस ख़ूबसूरत दुनिया को नरक बनाने की ज़िद क्यों ठान ली है! सिम्पल-सी ज़िन्दगी, उसे जटिल बनाने पर क्यों आमादा हो भैया? अरे, सौभाग्य मनाओ कि यह सुन्दर दुनिया तुम्हें मिली है और इतना नायाब ब्रेन! भगवान के पुजारी हो? झूठ मत बोलो। बड़े हो, किससे बड़े?"

कभी-कभी पागलों-सा हँसकर डराता वह, "मैं रवीन्द्रनाथ के 'क्षुधित पाषाण' का मेहर अली हूँ—सब झूठ है! सब झूठ है! सब झूठ! हा हा हा! हा हा हा।" कभी मुझे उठाकर चक्कर खिलाता, कभी बेटी को। कहता, "मेरी बॉडी को न जलाना, न दफ़नाना, फेंक देना दिशाओं में, पारसियों की तरह रख देना कहीं चट्टान पर, चील-कौवे और अन्य जीव आकर चुग लें...

मरनो भलो विदेश में, जहाँ न अपनो कोय,
माटी खाँय जनावरा, महामहोच्छव होय।

कभी मुझे कोई शे'र सुनाता :

ज़िन्दगी क्या है अनासिर में ज़ुहूर-ए-तरतीब।
मौत क्या है इन्हीं अज्ज़ा का परेशाँ होना॥

"ये किसका शेर है?" मैं पूछती।

"पं. ब्रजनारायण चकबस्त का।" कहता, "मुझे कहीं भी ले जाएँ मृत्यु के देवता, क़सम खाकर कहता हूँ, मैं फिर लौट आऊँगा।"

वह इतना प्यार करता, इतना कि कोई क्या करेगा! लेकिन प्रेम की बातें करते-करते जाने कब उसका विचारक मन भड़क जाता और खेल में खलल डालने लगता, "अरे भैया, जरा सोचो, औरत के रूप में कितना अनमोल तोहफ़ा दिया है तुम्हें प्रकृति ने, लेकिन उसे बिना ग़ुलाम बनाए तुम्हारा मन नहीं भरता!"

मैं चिढ़ती, "सेज पर भी गीता पाठ! अरे प्रेम करना है तो प्रेम करो, ज्ञान की बातें बघारकर रस न बिगाड़ो!"

"नहीं, ज़रा सोचो कि कितने भरम में रहते हैं लोग! अरे प्रेम में बड़ा-छोटा कैसे?"

मेरी आँखों में झाँकते हुए कहता, "सोचो, जो तुम हो, वही मैं हूँ। हममें-

तुममें फ़र्क़ कहाँ! आदमी और औरत में कोई फ़र्क़ नहीं, सिवा जैविकी की चन्द बातों के जो एक-दूसरे के पूरक हैं, लेकिन नहीं, 'पति परमेश्वर और पत्नी जनम-जनम की दासी!' बड़े-बड़े दर्शन बघारेंगे—अहम् ब्रह्मास्मि और आचरण में एक उत्तम विचार को अंजाम तक लाने के पहले ही खूँद-लीदकर बराबर कर देंगे।"

आदत से लाचार था वह। तुरन्त ही पुराना ट्रैक पकड़ लेता। उसकी ज़्यादातर बातें मेरे सिर के ऊपर से गुज़र जातीं। मैं उसके सात्त्विक आवेश को डाइल्यूट करते हुए गुनगुनाती, "सपने में सजन से दो बातें, एक याद रही, एक भूल गई।" तो वह पुट्ठों के बल पकड़कर उठा लेता और चक्कर खिलाने लगता। मैं कहती, "यह क्या सलीका है!" वह कहता, "तुम बसन्त की फूलों भरी डाल-सी झुकी हुई हो मुझ पर! मैं सलीका देखूँ या स्वर्ग!"

बीच-बीच में कुट्टी का फ़ोन आता, "हम जल्दी मिलेंगे मैडम।" सातवें महीने उसने बताया, "अगले संडे को मॉर्निंग ग्यारह बजे आप अपने को फ्री रखना। कुछ लोग आएँगे आपके घर आपसे मिलने।"

"कौन लोग?" गायत्री ने पूछा, पर फोन कट गया।

और अगले यानी संडे को, ठीक दस बजे कॉलिंग बेल बजी। इस बार पीपिंग होल से मेड सरवेंट ने झाँककर बताया, "कुछ लोग दरवाज़े पर खड़े हैं।" आनन-फ़ानन में बैठने का इन्तज़ाम हुआ, दिल की धड़कन बढ़ गई—वह आ रहा है। कौन? अरे वही! कुट्टी की खोल में ही सही... मुझको छूने लगी उसकी परछाइयाँ दिल के नज़दीक बजती हैं शहनाइयाँ... अन्दर का कमरा खोलकर वह ड्रॉइंग रूम में दाख़िल होने के लिए अपने ही चौखट पर मूरत-सी खड़ी हुई तो कुट्टी समेत दस-एक स्त्री-पुरुष उठकर खड़े हो गए।

कुट्टी गाइड बन गए जैसे, एक-एक का परिचय कराने लगे, "मैडम,

ये हैं मिस्टर जैकब, इनको आनन्द साहब की एक आँख ट्रांसप्लांट हुई थी। मुम्बई से।" उसने उस आदमी को देखा, नज़र से नज़र मिलाकर देखा, फिर नज़र झुका ली शरमाकर, पता नहीं, कौन-सी आँख थी वह!

"ये हैं मिस्टर खुर्शीद आलम फ्रॉम चेन्नई। इनको दूसरी आँख लगी आनन्द साहब की। इन लोगों की बाक़ी एक-एक आँख स्टोन की हैं।"

गायत्री ने इस आदमी को भी देखा। अलग-अलग देह में जड़ी उन आँखों को बारी-बारी से देखा, कभी इसे, कभी उसे। उन आँखों की गहराइयों में अब कुछ भी नहीं दिख रहा था। कलेजे में एक हूक-सी उठी। हज़ारों बार देखा है आनन्द की आँखों में, लेकिन आज पहचान क्यों नहीं पा रही है उन्हें! क्या सचमुच में आनन्द की आँखें हैं? होंगी।"

कुट्टी आगे बढ़े, "और मैडम, ये हैं शकीला बानो! आनन्द साहब की एक किडनी इन्हें ट्रांसप्लांट हुई थी और एक चौबे जी को, कहाँ गए, वो रहे, सेवेंटी ईयर्स ओल्ड पंडित जी।"

दोनों किडनियों के धारकों ने दो छोरों से अभिवादन किया। कुट्टी की आवाज़, "आपको कुछ लोगों को हम चाहकर भी नहीं दिखा सकते जैसे, एक ब्लैकिश थे सर हारलेक। उनको साहब की स्किन ट्रांसप्लांट हुई थी। वे ब्लैक से ह्वाइट हो गए होंगे, गॉड नोज कैसे दिखते होंगे?"

"बोन मैरो जिस लेडी को ट्रांसप्लांट हुआ, वो भी नहीं आ सकीं। आनन्द साहब का हार्ट सैमुएल साहब को ट्रांसप्लांट हुआ था, नहीं रहा सक्सेसफुल! बाकी ये लोग इन ट्रांसप्लांटेड लोगों के साथ आए हैं, आपको सलाम करने।"

"ये बताइए उनका एक हाथ तो आपको लगा—यह..."

"जी।"

"और लेफ्ट हैंड...?"

"वो, वो मिस्टर स्मिथ आए थे उन दिनों बाइचांस, शायद बेल्जियम

में हैं, उनका एक हाथ एम्पुट करना पड़ा था, उन्हीं दिनों...।"

'इसे क्या कहें—आनन्द का श्लेष या एकोऽहम् बहुष्यामः।' सोच रही थी गायत्री कि सती की तरह कुछ अंग यहाँ गिरे, कुछ वहाँ, कुछ कहीं और... पर वह मिथ था और यह हकीकत! वाकई अनन्त टुकड़ों में बँट गए तुम।

आनन्द! हिन्दू, मुस्लिम, ईसाई, जाति, धर्म और लिंग की तमाम आवर्जनाओं का अतिक्रमण करते हुए एक थे। अनेक बनकर तुम कितने रूपों में झाँक रहे हो आनन्द? सब बँट गया, एक ब्रेन बचा था, सो...

तुम्हारी गूढ़ बातों का मर्म आज कुछ-कुछ समझ में आने लगा है। सिजदे में अब खड़े हो गए थे। उसकी देह काँप रही थी और काँप रही थी ज़बान।

मेड सरवेंट 'प्रार्थना' को ले आई। उसने कुट्टी को बुलाया, उसका वह हाथ बेटी के सिर पर रखा। कुट्टी समेत सभी की आँखें सजल हो गईं। फिर उसने जैकब और खुर्शीद आलम की देह में जड़ी पति की आँखों को सम्बोधित किया, "देख लो अपनी बेटी को, जिस बेटी को छोड़कर गए थे, तब साल-भर की थी, देखो तो अब कितनी बड़ी हो गई है तुम्हारी प्रार्थना! क्लास में फ़र्स्ट आती है! तुम्हारी इच्छा थी न बँटकर बिखर जाने की कायनात के कण-कण में...! वो पूरी हो रही है, सारी आवर्जनाओं से परे, सारी बन्दिशों के पार, तुम मरे नहीं, कई-कई शक्लों में लौट आए हो आनन्द!"

"काश! हम अपने दाता को इन आँखों से देख पाते!" आगन्तुकों में से किसी भावुक कंठ की आवाज़...।

"श्योर!" गायत्री ने पति के अन्दाज़ में बेटी को उठा लिया गोद में—"हमारी प्रार्थना! हमारी निशानी! चेहरा-मोहरा वही।"

मुख से प्रार्थना झर रही थी और आँखों से आँसू...बेटी सबको प्रणाम कर रही थी।

"वे कहा करते थे, सृष्टि में सबसे कॉस्टली कोई चीज़ है तो वह है

ह्यूमन ब्रेन और वह हर इनसान के पास है। इसलिए जो कोई इनसान को मारता या उसके इस ब्रेन को डैमेज करता है, वह इस दुनिया का सबसे बड़ा दुश्मन है। और आनन्द का ब्रेन तो और भी...मेरा वश चलता तो आनन्द के ब्रेन को दुनिया-भर में बाँट देती, लेकिन कुट्टी जी ने बताया कि डॉक्टर तिरखा साहब ने उन्हें ब्रेन डेड बताया था। उसी ब्रेन को डेड बता दिया, क्या कहें!"

सहसा उनकी नज़र बेटी पर गई—भरा-भरा चेहरा। बोली, "ये क्या!" उन्होंने उसे चूम लिया, "उदास क्यों हो गई मेरी बेटी? किसी ने कुछ कहा क्या?"

प्रार्थना ने इनकार में मुंडी हिलाई, पर मुद्रा पहले की तरह की बनी रही—गम्भीर!

"फिर? मम्मी को बताओगी नहीं? तुम्हें तो खुश होना चाहिए! क्लास में फ़र्स्ट आई हो। रेकॉर्ड मार्क्स। तुमने अपने क्लास, स्कूल, अपनी मम्मी, अपने पिता सबका नाम ऊँचा कर दिया। तुम्हें तो ख़ुश होना चाहिए। बताओ बात क्या है?"

"ममा! मेरे फ़र्स्ट आने पर कुलीग्स के चेहरे ख़ुश क्यों नहीं थे? क्या ऐसा नहीं हो सकता कि सारे कुलीग्स मेरी तरह फ़र्स्ट आते? तब कोई सैड फील नहीं करता।" अवाक् होकर लगी ताकने उसका मुँह, "यह कैसे हो सकता है!"

कुट्टी आगे बढ़े, "मैम आप बेकार में चिन्ता कर रहा था, आनन्द साहब के ब्रेन ट्रांसप्लांट होने के बारे में फ़ोन पर आपने बताया भी था। आनन्द साहब का ब्रेन तो ऑलरेडी ट्रांसप्लांट हो गया।"

"कहाँ?"

"यहाँ प्रार्थना बेटी में। आनन्द साहब कहते थे न कि मेरा वश चले तो पृथ्वी पर एक भी आदमी दुखी न रहे, कि ये लाइफ़ माने हमारा जीवन

एक प्रार्थना है। हम लोग सबके ऋणी, माने इंडेब्टेड हैं। येई बात हम सबी आपके आने के पहले डिस्कस कर रहे थे, आनन्द जी का बात! सबने माना कि सारे शास्त्रों में येई तो लिखा है क्या तो हाँ सर्वे भवन्तु सुखिनः..." कुट्टी अटकने लगे तो सहायता के लिए चौबे जी की ओर ताकने लगे।

"आगे...?" पंडित जी ने पूरी की प्रार्थना, "सर्वे सन्तु निरामयाः, सर्वे भद्राणि पश्यन्तु, मा कश्चिद् दुखभाग् भवेत्।"

"उनका बेटी प्रार्थना भी तो किसी को दुखी नहीं देख सकती—अभी बताया। रीयली दिस इज ए क्लीयर ट्रांसप्लांटेशन ऑफ़ ब्रेन! सुनने में इम्पॉसिबल लगता, बट थिंक हर आइडियाज, व्हाट ए टारगेट! हाउ कैन बी द ब्रेन डेड? बेटी में ज़िन्दा है बाप।"

"अरे!" चौंक उठी गायत्री। किसी ने धीरे से कहा, "रीयली इट इज ए रीयल ट्रांसप्लांटेशन!" सबकी आँखें इस चमत्कार पर चमक उठीं और सबके हाथ सैल्यूट की मुद्रा में उठ गए।

खुली आँखें

सच तो यह है कि न वह मुझे सह पाता है, न मैं उसे। बीच-बीच में लम्बे अबोलेपन के ऊसर पसरे पड़े हैं हमारे बीच। पर जैसे ही भाभी ने विस्तार से उसके असाध्य रोग की बात बताई, मेरी सारी नफ़रत करुणा में बदल गई। कुछ भी हो, मैं एक डॉक्टर हूँ और वह एक पेशेंट।

आ तो गया हूँ पर पता नहीं, उससे मिल भी पाऊँगा या नहीं। सालों से तो यही होता रहा। आया और बिना मिले ही लौट आना पड़ा। मुझे आने में कहीं देर तो नहीं हो गई। वर्षों से मैंने भर नज़र देखा नहीं उसे। पता नहीं, कैसा दिखता होगा। अब उस रवीन्द्र में कितना बचा होगा पुराना रवीन्द्र!

उफ़! कितना सलोना चेहरा हुआ करता था मेरे इस दुश्मन यार का। मैं कहता काजल का एक ढिठौना जड़ दूँ तेरे कपाल पर। 'चश्मे बद्दूर' उसे चिढ़ाने के लिए हम उसे 'ठाकुर' कहते, जिससे उसे बेपनाह चिढ़ थी। हम उसे तरह-तरह से उकसाते जैसे बिल से कोई साँप निकाल रहे हों कि कहीं से तो उसके अन्दर का छुपा हुआ ठकुरई का रौद्र रूप सलोनेपन को फाड़कर बाहर आए, पर नहीं।

मेरा उसका बस मसें भीगने तक संग-साथ रहा। बाद में मैंने मेडिकल ज्वाइन किया। टेस्ट में क्वालीफ़ाई करने के बावजूद उसने हिन्दी लिटरेचर

लिया और पढ़ने को पर पढ़ता रहा हिस्ट्री, एन्थ्रोपोलोजी, साइंस और सोशल साइंस और तमाम तरह की अल्लम-गल्लम चीज़ें। उससे पाँच साल बड़े उसके भैया कौशलेन्द्र प्रताप सिंह उसे बहुत मानते। कहते, "देख सिस्टेमेटिक रहकर ही तू कुछ कर पाएगा। देख, मैंने कम्पिटीशन निकाल लिया। कल को मैं पैरामिलिटरी फोर्स का कमांडेंट बन जाऊँगा और तू...मेरा भाई है, जरा सोच, क्या करेगा तू! अपने लिए न सही, मेरे भाई होने के नाते तो यह बौद्धिक विलासिता छोड़ दे अब।"

उसने अपनी दुविधा स्पष्ट नहीं की। शायद वह ख़ुद को लेकर ही साफ़ न था। अन्दर-ही-अन्दर घुलता रहता, जाने किस सोच में। कनखियों से देखता रहता भैया के यूनिफार्म को, जिसे अक्सर वह ख़ुद ही कलफ देता, ख़ुद ही प्रेस करता, कड़कदार ड्रेस, कड़कदार नुकीली मूँछें, घहराती आवाज़, चुस्त-दुरुस्त। पक्के ठाकुर। ठाकुर साहब कहने पर ख़ुश भी होते। फौरी तौर पर भैया ने उसे ट्रेनिंग सेंटर में टीचर की एक नौकरी दिलवा दी थी। अब भैया के साथ-साथ अपने यूनिफार्म को चुस्त-दुरुस्त करने का काम बढ़ गया था उस पर, पर टिका कहाँ! और इस तरह हमारे ठाकुर साहब रणक्षेत्र के घायल या भागे हुए योद्धा की तरह तख़्त पर आ गिरे पड़े हैं।

अपने हिस्से की ज़मीन पर एक फार्महाउस या नर्सरी खोल ली है। एक सहायक जग्गू और उसकी पत्नी और वह और तरह-तरह के फलदार पेड़-पौधे। भाभी बीच-बीच में आकर देखती रहती हैं। जिसे अंग्रेज़ी में कहते हैं लुक आफ़्टर। वजह? टीवी के सामने बैठा रहता। नोटबन्दी का आलम हो या कोरोनाकाल में मज़दूरों की वापसी के दर्दनाक दृश्य या शाहीनबाग या इस तरह के आयेदिन के वाकये, वह बैठा रहता। टप-टप आँसू गिरते रहते। उसका अन्दाज़ सबसे जुदा होता। अपनी पसन्दीदा फ़ैज़ की ओजस्वी कविता 'हम देखेंगे' पर 'बस नाम रहेगा अल्लाह का' में 'अल्लाह'। पर कुढ़ जाता। 'कहाँ है अल्लाह?' किसान आन्दोलन में 700 के मारे जाने पर

प्रधानमंत्री की टिप्पणी 'तो क्या वे मेरे लिए मरे'? पर उसकी आँखें फैल जातीं। मिलने आए दोस्तों से कहता, "हर हादसे में मेरा कुछ टूट जाता है, कुछ-न-कुछ मर जाता है।" 'देश के गद्दारों को, गोली मारो सालों को।' हर गाली उसे छील जाती। धर्म, जाति, मज़हब की हर जंग जैसे उसके सीने पर लड़ी जाती और हर बलात्कृता लहू टपकाती उसके सामने आ खड़ी रहती। वह किसी भी भगवान या ख़ुदा को नहीं मानता। न ही किसी धर्म, मज़हब या उसके ग्रन्थों में 'तीन तलाक़', 'हलाला', 'बुर्का', 'घूँघट' को। वह क्या है, कैसा है, मैं समझ नहीं पाती। सुनो, शायद वह कुछ गा रहा है। मैं भी सुनने लगा—

ए मेरे प्यारे वतन, ए मेरे बिछड़े चमन, तुझ पे दिल क़ुर्बान
तू ही मेरी आरज़ू, तू ही मेरी आबरू, तू ही मेरी जान
तेरे दामन से जो आए, उन हवाओं को सलाम...
चूम लूँ मैं उस ज़ुबाँ को, जिस पे आए तेरा नाम...

गाते-गाते वह हिचक-हिचककर रोने लगा, साथ में भाभी भी। इतने मार्मिक स्वर में पहली बार यह गीत सुन रहा था। भाभी की हिचकी सुनकर उसका गाना बन्द हो गया।

हम धीरे-धीरे पास आए और उसके सामने खड़े हो गए।

जिन आँखों की सुन्दरता पर कभी हमें गुमान रहा करता था उन्हीं आँखों को देखकर डर लग रहा था। डरावनी आँखें। जटा-जूट का डरावना चेहरा।

दरवाज़े के बाहर से क़रीब आते कुछ लड़के हुलक रहे थे।

"सोए हैं!"

"शऽऽऽ!" दूसरे ने उसे बोलने से रोका।

खुली आँखें! खुली...देखना उसके लिए एक कम्प्लीट क्रिया है बाहर से अन्दर तक फैली हुई...कोशिका...कोशिका के तन्तुजाल में रची-बसी। वह

अपने-आप में एक जटिल और दुरूह केस है? ये चाहते हैं कि पैरामिलिटरी फोर्स के जवान सज्जनता से पेश आएँ। वे कहते हैं वह सम्भव नहीं, कठोर बनकर ही वे डील कर सकते हैं।

पेच यहाँ फँसता है। अगर कोई कहता है, "'एक्शन' क्यों नहीं लेते?"

जवाब आता है, "हम उनका मोरल डाउन नहीं कर सकते?"

"आप?" उसकी उँगली गिरगिट-सी तनी और काँपी।

"अपने पुराने क्लासफ़ेलो को नहीं पहचानते?"

"सुशील! अब डॉक्टर सुशील!" भाभी ने मुझे इंट्रोड्यूस किया।

"तुम...?" वह उठ बैठा और फिर आगे बढ़कर मुझसे लिपट गया। उसने बगल में रखी प्लास्टिक की कुर्सी पर मुझे बिठाया और किसी 'जग्गू' को आवाज़ दी, "जग्गू! अरे कुछ चाय-पानी ले आओ भाई, वर्षों बाद मेरा सुशील आया है।"

पता नहीं, वह मुझे देख रहा था या सेंक रहा था अपनी ख़ौफ़नाक आँखों से!

"सुना, तू बहोऽऽऽत बड़ा डॉक्टर बन गया है।" उसने कहा।

"और तू बहुत बड़ा मरीज़!" मैंने जवाब दिया तो हम दोनों हँस पड़े।

"क्या हुआ है मुझे? ऐं क्या हुआ है मुझे? खैर तू बता, कहाँ डुबकी मारे रहा। मैं अपनी इत्ती खुली आँखों से देखता रहा जो कहो कभी तुम्हारी परछाईं भी नज़र आई हो।"

"बाहर रहा। यूँ समझ लो, संयोग ही नहीं बैठा। इसके सिवा अपनी सफ़ाई में और क्या कहूँ?"

चाय के बाद मैं भाभी की ओर मुखातिब हुआ, "शादी-वादी हुई या अभी तक छड़ा ही घुमा रही हैं इसे?"

"अब क्या बताऊँ डॉक्टर, इसी का तो रोना है। पचास का तो होने को आया। हमने जब-जब पूछा, टाल गया। हमने ये भी कहा तिहारे मन

में कोई स्पेशल छोरी-बोरी हो तो वो भी बता दो। हम देश, जात, धरम की सारी हदें तोड़कर ले आएँगे। लेकिन ये माने तब न!"

वह टॉयलेट गया तो भाभी से मैं फुसफुसाया, "कोई क्लू?"

पेड़ों की धूप-छाया जाल बुन रही थीं। वे जाल से निकलने की कोशिश कर रही थीं। फिर रहस्य का ऊपरी छिलका हटाया—

एक दिन मुझसे पूछ रहे थे, "भाभी तुम जानती हो, मणिपुर कहाँ है?"

मैंने कहा, "भला मैं क्या जानूं!"

"ये रहा मैप इंडिया का," टेबुल के ग्लोब को पूरी तरह घुमा दिया। नाचकर स्थिर हुआ ग्लोब। भारत के पूरब-उत्तर में कोने पर उसने पेंसिल से दिखाया—

"ये रहा मणिपुर!"

"हूँ। तो...?"

"यहाँ एक लड़की हुआ करती थी—नाम था मनोरमा।"

"पसन्द है? पहले बताओ एज क्या है?"

"जब मारी गई तो जवान थी।"

"मारी गई? मतलब?" मैं चौंकी।

"पैरामिलिटरी फोर्स के जवानों ने उसका रेप कर मारकर उसे खेत में फेंक दिया था।"

"ओह!"

"वह एक-एक शब्द चुन रहे थे जैसे शब्द नहीं पूजा के फूल हों, चुन-चुनकर और उस मृत मनोरमा की समाधि पर अर्पित कर रहे थे।"

भाभी ने आगे बताया, "अख़बारों में आपने देखा होगा," उन्होंने बताया, "वहाँ की औरतों ने बिलकुल नंगे होकर कैम्प के सामने प्रदर्शन किया—हाथों में दफ़्ती थी—'हम सब मनोरमा की माँएँ हैं। आओ, हमारा बलात्कार करो। आओ।' तुमने नहीं न पढ़ा?"

"ख़याल नहीं।" मैंने कहा।

"क्यों नहीं पढ़ा? पढ़ा तो क्यों नहीं है ख़याल?" उसकी डाँट पर सकपका गई मैं। कुछ दिनों तक वह चुप रहा...फिर एक दिन उसने फिर से उठा ली अपनी छोड़ी हुई कहानी, "मनोरमा को छोड़ो, मणिपुर की इरोम चानू शर्मीला का वाकया तो जानती होगी?"

"क्या बात है?" मैंने जानना चाहा।

"अर्द्धसैनिक बलों के जवानों ने बस स्टैंड पर दस आदमियों को भून डाला गोलियों से।"

मैं भला क्या बोलती।

उसने आगे जोड़ा, "मरने वालों में एक अठारह साल का नौजवान भी था। नेशनल अवॉर्ड विनर। एक बूढ़ी भी। कुल मिलाकर दस लोग। जैसे जवानों को न शर्म है, न अफसोस, जैसे वे निर्जीव पदार्थ हों। पाषाण... अब मजा क्या है, सरकार के लिए ये इम्पोर्टेंट है, बाक़ी किसी की कोई क़ीमत नहीं, भले ही कभी रहा हो कहीं।"

"तो...?" मैंने पूछा।

"वहाँ की एक जवान लड़की शर्मीला इस शर्मनाक बर्बरता के विरोध में अनशन पर बैठ गई। बेचैन, परेशान, उद्विग्न लड़की अपना कर्तव्य तलाशती जहाँ-तहाँ भटकती रही। कविता समझती हो भाभी?"

"कुछ-कुछ।"

"तो सुनो यह रही उसकी कविता का हिन्दी अनुवाद। उसने अपने मॉनीटर पर डाल दी वह कविता—

दो सदियों के मिलन की इस रात में
मैं दिल को छू लेनेवाली सभी आवाज़ें सुनती हूँ
ओ समय कही जानेवाली प्यारी देवी

इस वक़्त तुम्हारी असहाय बेटी
बड़ी कशमकश में है
यह आधी रात मुझे बेचैन बना रही है...
मैं भूल नहीं पाती इस दुनियाबी क़ैद को
भूल नहीं पाती उन बहते आँसुओं को
जब चिड़िया अपने पंख फड़फड़ाती है...

भाभी ने कहा, "मैंने इन्हें बहुतेरा समझाया, पर...ऐसी औरत के पीछे क्या पड़ना जो तुम्हें मिलने से रही। उसने अपनी भूमिका अदा की तुम अपनी भूमिका अदा करो।"

"आप इसे ऐसी-वैसी औरत मान रही हैं?" वह गैस लाइटर-सा भक-सा जल उठा।

भारत की वीरांगनाओं में जौहर में जल मरनेवाली या जला दी गई नारियों को सर्वोच्च सम्मान दिया जाता रहा—देश के लिए नहीं, अपने राजपाट के लिए मरीं। समाज के लिए नहीं, सिर्फ़ अपनी यौन-शुचिता की रक्षा के लिए, वह यौन-शुचिता जो उनके पतियों के लिए आरक्षित है, पतिव्रता। पति चाहे हर जगह मुँह मारता फिरे। इरोम या नग्न होकर फ़ौज के सामने खड़ी हो जानेवाली—"आओ हमारा बलात्कार करो, हम सब मनोरमा की माँएँ हैं, का कर्म बड़ा है या कि जौहर के नाम पर जल मरनेवाली या जला दी गई औरतों का? कभी देश-दुनिया के बारे में सोचा उन्होंने? लक्ष्मीबाई अपना राज बचाने के लिए लड़ी या समाज बचाने के लिए? राणा प्रताप की प्रतिज्ञा और अनुपालन बड़ा है या इरोम का? अन्ना हज़ारे का तेरह दिनों का अनशन बड़ा है या शर्मीला का सोलह साल भरी जवानी का अनशन? अँतड़ियाँ सूख गईं उसकी। ताने कसे गए कि कुछ और सूख रहा था, सो शादी कर ली। इसी तरह ज़्यादा नहीं, टटका है किसानों का कृषि

विरोधी बिल का लम्बा प्रतिवाद। कहा गया कि ख़ालिस्तानी हैं, नक्सल हैं, आतंकवादी हैं, देशद्रोही हैं, सत्ता के दुलारों ने क्या कहा—देश के गद्दारों को, गोली मारो सालों को। तुम्हारी पद्मिनियाँ तुम्हें मुबारक, मेरी शर्मीलाएँ मेरे लिए पूजनीय!"

सहसा ही वह वायलेंट हो गया था। उसकी आँखें फटकर बाहर आने को हुईं। हाथ, पाँव, चेहरा ऐंठने लगा।

अब यह राय बनी है इन रणबाँकुरों की कि जो भी प्रतिवाद करे, गोली मार दो सालों को।

"देश को खींचकर कहाँ ले आए उनके क़दमों के नीचे, नाक रगड़ने के लिए? हर जगह गोली ही तो मार रहे हैं?"

लम्बे अरसे तक ग़ुलाम रहने के चलते हमारी रगों में ग़ुलामी भर गई है। यह मुर्दों का देश है, मुर्दों का। झूठी श्रेष्ठता के गुरूर ने हमें नपुंसक बना रखा है, नपुंसक। हम सवाल नहीं पूछ सकते। पूछना यहाँ हत्या और बलात्कार से भी जघन्य अपराध है। "हमें लानत है ऐसे देश-प्रेम का जो इनसानियत की ही दुश्मन बन जाए।"

वह लौट आया था।

"ट्रेनिंग सेंटर में भी ये ऐसे ही बोलते...ऐसे ही झगड़ते सबसे।" भाभी ने कहा।

"मैं झगड़ता?" उसने प्रतिवाद किया।

"चलो मान लिया तुम नहीं झगड़ते रहे, पर नौकरी तो छोड़ आए न?" मैंने कहा।

"छोड़ी नहीं, सस्पेंड हूँ।"

"वही हुआ, पर वही क्यों हुआ?" मैंने टोका।

वह तनिक ठिठका फिर बोलने लगा, "सब कुछ इन्हीं आँखों के सामने होता रहा और भैया मुझे उसी अर्द्ध-सैनिक या सैनिक बल का जवान बनाने

पर आमादा थे ताकि मैं भी इन बलात्कारियों के गिरोह में शामिल हो जाऊँ।"

"अगर वे सब रेपिस्ट हैं तो बाढ़, सूखा, आपदा, विपदा में अपने प्राणों की बाज़ी लगाकर देश और समाज को बचाने कौन जाता है?" मैंने उसकी बोलती बन्द कर दी।

थोड़ी देर तक वह बन्द भी रही फिर बहुत सधे शब्दों में बोला, "तुम्हारी बात का वह अंश जायज़ है, मैं स्वीकार करता हूँ पर मेरी एक बात का जवाब दो।"

"पूछो।"

"रेप करने कौन आता है, कहाँ से आता है—चीन से, जापान से, फ्रांस या इंग्लैंड से या मंगलग्रह से। सब-के-सब तो यहीं के लोग हैं, हमारे भाई-भतीजे, हमारे फ़ौजी, हमारे ही रक्षा के जवान..."

"हाँ पर..." मैं हकलाया।

"तुमने सिंगाड़िया देखे हैं? भेंड़ें होते हैं। होते नहीं, बनाए जाते हैं। पहले तो सबके सींगें नरम-नरम होती हैं। सींगों को ऐंठ-ऐंठकर युयुत्सु और ग़ुस्सा दिलाकर जिघांसु बनाते हैं। इन्हें इनसान से हटाकर बर्बर, हत्यारा, रेपिस्ट बनाया जाता है और कहते हैं, देश की रक्षा के लिए तैयार कर रहे हैं। मैं नहीं बनना चाहता सिंगाड़िया। मुझे इनसान ही बने रहने दो। तुमने सोनिक शोरी के बारे में सुना है? अपने लिए नहीं दूसरों के लिए बर्बर सज़ा पाई। झारखंड में टीचर थी। अगर उसका कोई आफेंस है तो आईपीसी में कितने प्रावधान हैं। पर नहीं, सज़ा के रूप में उसकी योनि में पत्थर के टुकड़े ठूँस दिये गए। मैं अपने देश के ही नहीं दुनिया के तमाम फ़ौजियों से नफ़रत करता हूँ—जर्मन, यूक्रेन, रूस, चीन, कोरिया सब के...मैं चाहता हूँ कि वे इनसान बन जाएँ।" भैया ने मुझे समझाना चाहा, मैं न समझ पाया तो कहा, "मेरी नौकरी पर रहम करो।"

फिर पहाड़ी से लुढ़काए गए पत्थर-सा मैं नीचे...जिन हाथों ने मुझे

एप्वाइंटमेंट लेटर दिया था, उन्हीं हाथों ने सस्पेंशन लेटर...

मैं बगीचे में उसके बारे में सोचते हुए टहलता रहता। सिर्फ़ आँखों का मसला नहीं है। कुछ और भी है जो मेडिकल साइंस के मेरे ज्ञान की परिधि से बाहर जाता है। वह क्या है, कैसे है? इसीलिए मैंने मनोरोगों और न्यूरो के विशेषज्ञों के साथ कई तरह के विद्वानों और चिन्तकों को बुला रखा था। स्वयं कमांडेंट चतुर्वेदी साहब को भी। आए दिन चहलक़दमी करते हुए मुझे एक घुटी-घुटी रुलाई का आभास होता। रुलाई सर्वेंट क्वार्टर से आती। दूसरे दिन एक कर्कश पुरुष कंठ, "निकल मोरे घर से। इस घर में छिनालों के लिए कोई जगह नहीं।" आगे बढ़ा, "क्या कर रहे हो जग्गू?"

"मेरी जोरू है डाक साहब।"

"इसीलिए तुम्हें इसे मारने-पीटने का लाइसेंस मिल गया है?"

"आप इसे नहीं जानते। पक्की मनहूस है। सामने पड़ जाए तो काम भी बिगड़ जाए।"

सर्वेंट क्वार्टर का उसका पड़ोसी बाहर निकला, "यह क्या कर रहा है जग्गू?"

"तुम बीच में न आओ बद्री तो अच्छा। बहुत दरद है तो लिवा जाओ न।"

पीछे से रवीन्द्र की आवाज़ आई, "घर जाओ। दोनों।"

वे अन्दर जाने लगे। बाग के पेड़ों की चितकबरी छायाएँ उन पर मचल रही थीं।

"तुम्हें अजीब लग रहा होगा?"

"हाँ भी...नहीं भी।"

"कुछ दिन और रह लोगे यहाँ तो सारी डॉक्टरी भूल जाएगी।"

"एक भक्त टाइप का आदमी है, बलदेव। दस-दस बजे रात तक बाहर बैठा रहता है। जब तक कपड़े-वपड़े, रुपये-पैसे, नोट तक धो नहीं लेता, पत्नी के साथ घर में नहीं घुसता। पूरे पानी में दो-एक बूँद गंगाजल रहना

चाहिए।" सारे घर में सीलन...बदन तक में चिपचिपाहट। एक से बढ़कर एक डिटेल्ड, एबनार्मल लोग हैं। मैं कहता हूँ इसकी जड़ों में जाया जाए। रवीन्द्र खुल रहा था धीरे-धीरे। मुझे अच्छा लगा।

उसकी विचित्र बीमारी की ख़बर चारों ओर फैल चुकी थी। सबसे पहले कमांडेंट साहब आए। रजनीगन्धा के फूलों का गुलदस्ता उसे सौंपते हुए उसके चेहरे को ग़ौर से देखने लगे। उसकी खुली पलकें आँसू तोल रही थीं। क्या पता, रात-भर रोता रहा हो वह। मुझे अच्छे लगे आँसू। कमांडेंट साहब ने एक शेर से आगाज़ किया—

पलकें भी चमक उठती हैं सोने में हमारी,
आँखों को अभी ख़्वाब छुपाने नहीं आते।

मैं बाज़ी लगाकर कह सकता हूँ, आँखों के इन आँसुओं में शर्मीला की चमक है।

यस माई ब्वाय, यू आर इन लव। तुम शर्मीला से प्यार करते हो। उसे तो नहीं ला सका उसका लेटेस्ट फ़ोटो ले आया हूँ।

उन्होंने इरोम शर्मीला का एक चित्र निकाला, फिर उसकी ओर देखकर कहा, "तुम्हें यही लड़की चाहिए न...पर अब तक तो वह बूढ़ी हो चली होगी।"

इस दरमियान उसने डिसिप्लिन के सारे दस्तूरों का पालन किया, फिर कहा, "ऐसे रिमार्क करना उसका अपमान है।" तीर ठीक निशाने पर लगा था।

वह कहता गया, "उसने अनशन जब शुरू किया था, वह अट्ठाईस साल की थी, जब अनशन तोड़ा चौवालीस की हो चुकी थी। लोग और क्या चाहते हैं उससे?"

काउंसिलिंग शुरू हो चुकी थी। काउंसिलिंग नहीं कोर्ट मार्शल। वह साक्षात दैत्य की तरह खड़ा था।

उफ़! उसकी आँखें थीं या दहकते अंगारे। चेतना के किन गहरे तलों तक आग लगी हुई है। मैंने उसे नार्मल करना चाहा, "अब तू असली ठाकुर लगने लगा—ठाकुर का कुआँ, ठाकुर की मूँछें, ठाकुर की बाँहें...ठाकुर की आँखें..."

"आगे तूने फिर कभी मुझे ठाकुर-वाकुर कहा तो तेरी ख़ैर नहीं।"

"ये रही न वो ठकुराई की शान!" ला अपना हाथ इधर तो ला, जरा प्रेशर-व्रेशर तो चेक कर लूँ।"

मैं प्रेशर और पल्स चेक करता रहा। लोग आ-आकर ख़ाली कुर्सियों पर बैठने लगे थे। ढेर सारे स्त्री-पुरुष-जवान।

मैंने कहा, "अब जरा आँखें बन्द करो तो।"

उसने अपनी दोनों हथेलियों से आँखें मूँद लीं।

"ऐसे नहीं।"

"तो कैसे?"

मैंने अपनी आँखें बन्द करके दिखाईं।

"मैं खुली आँखों को तुम्हारी तरह बन्द नहीं कर सकता।"

कमांडेंट साहब ने पूछा, "अपनी सफ़ाई में तुम्हें और क्या कहना है? कह डालो।"

"जी! जैसी आज्ञा..."

उसने धीरे-धीरे इरोम शर्मीला के सूत्र जोड़े "एक सरकार आती, एक सरकार जाती" उसके हंगर स्ट्राइक को किसी ने महत्त्व न दिया। उपेक्षा और अपमान। मनोरमा का रेप और हत्या के बाद विरोध प्रदर्शन अभूतपूर्व...पर किसी के कानों पर जूँ न रेंगी। उन्होंने फिर वही किया, मगरूर हमारा कोई क्या कर लेगा। देश और दुनिया अपनी गति से चलती रही। सुलग-सुलगकर रह गई वह। आख़िर क्या करे वह? 2016 के 9 अगस्त को उसने घोषणा की कि वह अपना व्रत तोड़ रही है। कहा कि मैं

ज़िन्दगी से प्यार करती हूँ। मैं अपनी ज़िन्दगी को ख़त्म नहीं करना चाहती लेकिन मुझे न्याय और शान्ति चाहिए। फिर भी...फिर भी कोई सुगबुगाहट न हुई। आख़िर उसने स्वयं ही एक बूँद मधु से अपना व्रत तोड़ दिया। ग़ौरतलब है कि गुंडों और लम्पटों का अनशन तुड़वाने के लिए वीआईपी आते हैं। ख़बर को कवर करने मीडिया नाक के बल...अपमान सतत अपमान। तुम आदमी का कितना इंसल्ट करोगे? उसके मोरल को कितना तोड़ोगे?

तब उसे अपनी रणनीति बदलनी पड़ी। जरा सोचिए...उसकी जगह पर ख़ुद को रखकर सोचिए एक ईमानदार कोशिश को कितना तोड़ोगे आप। कितना...? कहा कि अब वह चुनाव लड़ेगी। मुख्यमंत्री बनकर यानी पावर प्वाइंट पर पहुँचकर ख़ुद ही इस अन्धे क़ानून को बन्द करेगी। शिक्षित थी, समझदार थी। किसी से कम न थी। लड़ गई चुनाव।

"उसे वोट कितने मिले?" कमांडेंट चतुर्वेदी साहब ने क्रॉस किया।

"फ़कत नब्बे! सिम्पली नाइंटी सर।"

इतना कहकर वह हिचकी ले-लेकर रोने लगा। "ओह उन डरावनी आँखों का रोना। आँसुओं से लबालब चेहरा फैलता, सिकुड़ता चेहरा...आग और पानी एक साथ...मगर हासिल कुछ न हुआ। एक ईमानदार कोशिश को कितना जलील करोगे, कितना...?"

हमने एक नज़र आगन्तुकों पर डाली।

देखते-देखते उसके ढेर सारे शुभचिन्तक पैदा हो गए थे। इतने पीर, तांत्रिक, पंडित, ओझा, फ़क़ीर, कापालिक कहाँ छुपे पड़े थे अब तक? सबका दावा था कि वे रवीन्द्र साहब को चंगा कर देंगे। भैया के जवानों का कड़ा पहरा था कि अन्दर कोई घुसने न पावे। पर ऐन मौक़े पर जाने कैसे एक विचित्र प्राणी घुस ही गया। वह पूरी भद्र पोशाक में था। शायद इसीलिए आगन्तुकों की भीड़ में पहचाना न जा सका।

मैंने डॉक्टर्स और इंटेलेक्चुअल्स की भीड़ का स्वागत करते हुए संक्षेप में रवीन्द्र की विचित्र बीमारी का परिचय कराया। आगे बोलता कि वह विचित्र प्राणी पीछे की कुर्सियों के बीच से उठ खड़ा हुआ—"लेडीज एंड जेंटलमेन। मायशेल्फ़ रमेश सिंह। भगवान रामचन्द्र का वंशज। मुझसे अपने मित्र रवीन्द्र सिंह का दुख देखा न गया, सो आ गया।"

वह रवीन्द्र की ओर आगे बढ़ता रहा। उसके एक हाथ में एक कटोरा था, दूसरे में काँच के गिलास में कोई पीला-सा पेय।

"रुको!" कमांडेंट साहब ने उसे डाँटा, "तुम कौन हो और यह तुम्हारे हाथ में क्या है?"

"दिस इज माय मेडिसिन सर!"

"पर यह है क्या?"

"इस कटोरे में गौमाता का पवित्र प्रसाद है।"

"पर यह तो गोबर है।"

"वही तो प्रसाद है।"

"और गिलास में?"

"यह है पवित्र गौ-मूत्र!"

"हो गया या और कुछ है?"

"गौमाता के खुरों की पवित्र धूल भी है।"

"क्यों ले आए इन्हें?"

"गौमाता के खुरों की धूल को आँख में लगा लें और यह गौमाता का गोबर, इसे पवित्र मन से सेवन कर लें, इस पवित्र गौ-मूत्र का थोड़ा-थोड़ा पान कर लें, गारंटी के साथ कहता हूँ आँखें ठीक हो जाएँगी।" वह गोबर को हलवे की तरह छोटे-छोटे कौर बनाकर चाव से खा रहा था और गिलास से अपने पवित्र गौ-मूत्र को सिप कर रहा था। उसे तनिक भी घिन नहीं लग रही थी। लड़कियाँ, औरतें और कई लोग चेयरों से गिरते-पड़ते उठे और

उल्टी करने लगे पर कुछ थे जो मजे ले रहे थे इस क्रिया का।

"तुम करते क्या हो?" किसी ने पूछा।

"गौ के चलते विश्व कल्याण। आपको मालूम है, एक गौ में तैंतीस करोड़ देवता वास करते हैं।"

"पर कुछ लोग आप जैसे महान विश्व गुरु को मानते नहीं।"

"मानेंगे, मानेंगे। सब मानेंगे, पूरी दुनिया मानेगी।"

"मैं यहाँ उपस्थित-अनुपस्थित सभी नर-नारी से कह रहा हूँ गौमाता की महिमा पर ध्यान दें। विश्व के सारे संकटों से मुक्ति मिल जाएगी। अपने गुसाईं जी से बड़ा ज्ञानी कोई हुआ है क्या? जगह-जगह उन्होंने इनकी महिमा गाई है।" मैं भगवान राम का वंशज बोल रहा हूँ। खाँटी...

"तभी आउट! आउट!" कहते हुए भैया दहाड़े, "विश्व गुरु को कुछ जवान उसकी सामग्रियों सहित बाहर दूर तक खदेड़ आए। काउंसिलिंग की गम्भीरता पर गोबर फैल गया था।"

एक सज्जन हँसे—

ग्रह ग्रहीत पुनि बात बस, तेहि पुनि बीछी मार
तेहि पियाइय वारुणी कहहुँ कौन उपचार

जाहिलों को समाज में ज़हर और कहर फैलाने की छूट है और सही लोगों को पनिशमेंट। कमांडेंट साहब को अपनी ओर ताकते देख वे सज्जन चुप हो गए।

और उपचार...!

डॉक्टर एकमत नहीं थे।

कुछ ने इसे 'एक्सोफथाल्मोस' कहा। थायरायड के बढ़ जाने से ऐसा होता है।

ऑटोसोमल डिस ऑर्डर।

दूसरों की राय थी, "यह मोटर नर्व्स या न्यूरेल्कि डिसऑर्डर का मसला लगता है।"

एक डॉक्टर ने कहा, "पार्टली सिंजोफेनिक।"

एक ने जोड़ा, "न्यूरोलॉजी की ऑटोटाम थ्योरी।"

"मामला सिर्फ़ आँखों तक सीमित नहीं है, चेतना के हर अंग-अंग तक फैला हुआ है। कोई भी अंग आँखों का सहयोग नहीं कर रहा!"

"यह तो क्याओस है, कम्प्लीट क्याओस। कोई भी आर्गेन किसी दूसरे अंग का नहीं सुन रहा है। सेल्फ़ म्यूटिलेशन। अराजक गृह-युद्ध जैसा।"

"कोई किसी को मानता क्यों नहीं?"

"न माने, न सही। यहाँ तो परस्पर शत्रुवत आचरण चल रहा है। ए कम्प्लीट न्यूरेटिक डिसऑर्डर, टोटल ब्रेक डाउन।"

"जग्गू की जोरू और रवीन्द्र की आँखें दोनों के लिए उनके घर में कोई जगह नहीं। औरत, जो परिवार की धुरी है, आज छिनाल हो गई। आँखें ग़रीब की जोरी होतीं तो टेसुए बहाती। अललाती, बच्चों को लेकर निकल पड़ती। ये आँखें कहाँ जाएँ। उन्हें तो रवीन्द्र की इसी देह में रहना है जहाँ सब उससे घृणा कर रहे हैं।"

रवीन्द्र का सवाल जायज़ है, "वे चाहते क्या हैं? शर्मीला ने सब करके तो देख लिया, सारे प्रयोग, सारी फ़रियादें, सारे प्रतिवाद, सारी प्रार्थनाएँ वे चाहते क्या हैं, थक-हारकर ख़ुद लद्द से गिर पड़े। फिर भी अरण्य रोदन।" रवीन्द्र पूछता है, "आदमी को कुत्ता तो बना दोगे। कल को तुम्हें आदमी की ज़रूरत होगी तो कहाँ से लाओगे?" किन्हीं प्रिंसिपल साहिबा ने कहा।

कमांडेंट साहब ने घायल आँखों से ताका, पर कुछ कहा नहीं।

कोई फुसफुसा रहा था, "सरकार ने तो ऐक्ट उठा लिया?"

कोई बता रहा था, "'कहाँऽऽऽ' अफस्पा तो अब भी है। जवानों को अब भी छूट है कि वो जो चाहे सो करें।"

"कोई तो स्टेप उठाया होगा?"

"उठाया! जबरन नाक में नली डालकर लिक्विड भोजन देना शुरू किया। वह छिटकती-पटकती विरोध करती रही। आत्महत्या करने के अभियोग में उसे कितनी बार जेल भेजा गया। छूटने पर कुछ दिनों बाद फिर। एक बार तो एम्स में उस अकेली को सँभालने के लिए चालीस-चालीस नर्स और डॉक्टर्स लगे।"

"जीने भी नहीं देंगे मरने भी नहीं देंगे, जवानों को हैवान से इनसान भी नहीं बनाएँगे।"

बोलनेवाली महिला ने इधर-उधर देखा फिर सिर गड़ाकर दबी जुबान में फुसफुसाई, "वही तो कर रहा था रवीन्द्र सेंटर में कि सस्पेंड कर दिया गया।"

चर्चा अपने इंफरेंस की ओर जा रही थी, बिना किसी इंफरेंस के।

भैया यानी डिप्टी कमांडेंट कौशलेन्द्र सिंह ने भन्नाकर पूछा, "मल्टिपल आर्गेन फेल्योर!"

आप डॉक्टरों और समझदार लोगों ने कहा, "कम्प्लीटली नर्वस ब्रेक डाउन। तो मेरा सवाल है ये साला ब्रेन क्या कर रहा है। हमारा धृतराष्ट्र-अ जिसकी आँखों के होने, न होने का कोई अर्थ नहीं सबको ले डूबेगा। फूट क्यों नहीं..."

कमांडेंट साहब ने आँखें तरेरीं तो अन्दर की बात अन्दर रह गई। बाहर की बात बाहर। उन्होंने जेब से एक काग़ज़ निकाला जो सैल्यूट कर अभी-अभी एक जवान उन्हें थमा गया था।

उनकी मिसेज हेलेन ने हँसते हुए अपना सवाल दागा, "स्टिल यू लव शर्मीला?"

"स्टिल।"

"यह जानते हुए कि वह बूढ़ी हो चली है।"

"स्टिल।"

"यह जानते हुए कि उसने डेस्मंड से शादी कर ली है।"

"स्टिल।"

"और अब उसकी ट्वीन सन्तानें हैं।"

"स्टिल।"

वे अपने हर सवाल के जवाब में सीने पर क्रॉस बनातीं, पता नहीं वे रवीन्द्र को क्रॉस पर चढ़ा रही थीं या उतार रही थीं।

रवीन्द्र ने हँसकर कहा, "क्राइस्ट के अन्दाज़ में बोलूँ।"

"बोलो।"

"दोज़ हू हैव ईयर्स शुड हीयर। जिनके कान हों वे सुनें। मैं कह रहा हूँ, दोज़ हू हैव आईज शुड सी। जिनकी आँख हों, वे देखें। मैं शर्मीला से अब भी प्यार करता हूँ, न सिर्फ़ शर्मीला से, बल्कि सोनिक शोरी और उन तमाम औरतों से जिनमें अन्याय के विरुद्ध खड़े होने की आग थी, या है। वे मर गईं। मार दी गईं या लड़ रही हैं। बताइए मैं कहाँ ग़लत हूँ। मैं अपने देश से प्यार करता हूँ।"

"अरे-अरे, मेरी पलकें बन्द क्यों नहीं हो रहीं? तो क्या...?"

मैं चिकित्सक बनकर आया था, मरीज़ बनकर जा रहा हूँ।

कमांडेंट साहब की पत्नी की बोलती बन्द हो गई। आँखों से झर-झर आँसू बहने लगे। भैया का चेहरा उतर गया। भाभी का भी। उन्हें बताया गया था कि कमांडेंट साहब सस्पेंशन लेटर उठा लेंगे पर चतुर्वेदी साहब ने यह क्या थमाया—डिस्मिसल ऑर्डर।

रवीन्द्र ने एक सैनिक की तरह उचककर सलामी दी और डिस्मिसल ऑर्डर को थाम लिया। पढ़ा फिर मुस्कराया। आँखें तेज़ से तेज़तर हुईं फिर उस ऑर्डर की पीठ पर लिखा—

तीरगी की अपनी ज़िद है, जुगनुओं की अपनी ज़िद
कौन-सा क़िस्सा सुनाऊँ आपको मुश्किल है ये
आँसुओं की अपनी ज़िद है, क़हक़हों की अपनी ज़िद
रास्तों ने ख़ूब समझाया उलझना मत मगर
रहजनों की अपनी ज़िद है, रहबरों की अपनी ज़िद
धड़कनों की अपनी जिद है, या कि आईने की अब
आरजू की अपनी ज़िद है, झुर्रियों की अपनी ज़िद।

हम न मरब मरिहें संसारा
हमका मिला जियावनहारा

खिंचा हुआ गन्दुमी चेहरा, एक आँख चढ़ी हुई, एक सामान्य, औसत क़द, हाथ-पाँव की उभरी हुई शिराएँ...उन्हें देखकर लगता है, वे किन्हीं पिछली लड़ाइयों के भटके हुए योद्धा हैं या ऐसे सिपाही जिसने जन्म लेने में देर कर दी, जन्म लेने से आज तक किसी अदृश्य घोड़े पर सवार, दाहिने हाथ में अदृश्य तलवार लिये युद्धभूमि में चले जा रहे हैं, किन्हीं अदृश्य शत्रुओं का संहार करने के निमित्त...नाम रामफल!

रामफल को इनसानों की किस कैटेगरी में रखूँ, इनसानों की या हैवानों की—आज तक समझ नहीं पाया।

इतना 'हेकड़' आदमी हमने देखा नहीं। कब क्या कर बैठे, कब किससे 'रार' मोल ले बैठे—कारण या अकारण कोई ठीक नहीं। कोई टोकता तो पलटकर सवाल करते, "आख़िर इसमें मेरा क्या कसूर?" हम बच्चे पूछने का दुस्साहस करते तो कहते, "अभी बच्चे हो, बड़े होने पर समझोगे।"

हमारे गाँव शहजादपुर में बन्दरों की खान थी। जहाँ देखिए, वहीं बन्दर कब- किस फल या फ़सल पर टूट पड़ें, कोई ठीक नहीं। बन्दरों से तबाह और धर्मप्राण गाँव! उन्हें हनुमानजी मानकर कोई खदेड़ता नहीं। रामफल

का पहला एनकाउंटर बानरों से हुआ ऐन उनके ब्याह के बखत, ग़लती से खरबूजे बो दिये। बन्दरों का ख़याल न रहा। अब दिन-रात उनकी रखवाली में लगे रहते। अमूमन गाँवों में ब्याह शाम या रात को होते। बियाह ज़रूरी है कि खरबूजे? जवाब है खरबूजे। बियाह आगे-पीछे होता रहेगा सो बिना लगन के रामफल की ज़िद पर उनका ब्याह हुआ ऐन दुपहरिया में, वह भी रामफल ससुराल नहीं गए क्या तो टैम नहीं है, उनकी पत्नी को ही लेकर आए ससुरालवाले। वह वैशाख का महीना था। सीमान्त तप रहा था। कहते हैं ऐसी तपती जेठ-वैशाख की दुपहरिया में कोई मुरहा ही जन्म लेता है या ब्याह करता है, रामफल से बड़ा मुरहा भला कौन हो सकता है। लगन की बाबत पूछने पर कहते, "सीता माई का बियाह तो सबसे उत्तम लगन में हुआ था कौन-सा दुख नहीं झेला उन्होंने।"

ज़िद करके उँचास पर माड़ो (मंडप) गड़वाया था रामफल ने। विवाह में लोग चोर नज़रों से दुल्हन को देखते हैं और रामफल देख रहे थे अपने खेत को जिसमें खरबूजे बोए थे उन्होंने। घंटे-भर न बीते होंगे कि उन्हें चिलचिलाती दोपहरी में कुछ धब्बे उभरते दिखाई पड़े...नाइन ने भावी पति-पत्नी की गाँठ बाँधी थी—पत्नी की चादर (ओढ़नी) और रामफल का अँगोछा। रामफल ने देखा कि बन्दरों का दल खरबूजे के खेत में आ गया है। फिर तो लोग "हाँ, हाँ" कहकर रोकते रह गए और रामफल "यह जा, वह जा" गाँठ बँधी थी, सो दुल्हन भी घिसटा गई थोड़ी दूर तक।

एक तरफ़ रावण की तरह रामफल, दूसरी ओर बानरी सेना। नर-बानर के इस युद्ध में पहले तो रामफल हावी रहे फिर बन्दरों ने उन्हें लिया खदेड़। शुकर था, गाँव के लोग और बराती आ जुटे थे रामफल की सहायता के लिए। न आए होते तो क्या होता।

"अरे लगन बीती जा रही है बेटा!" पंडित जी चिंचियाए।

"कहाँ की लगन? कैसी लगन?" मुरहा के कौन मुँह लगे। पर यहाँ

पंडित ग़लत थे और रामफल सही। ख़ैर रामफल लौट आए। आते ही उन्होंने नाइन का इन्तज़ार किये बिना ख़ुद ही गाँठ जोड़ते हुए दुलहिन से धीरे से पूछा, "हमारे चलते घिसटा गई न! ज़्यादा चोट तो नहीं लगी?"

पत्नी ने तत्काल क्या कहा, नहीं मालूम लेकिन बाद में जवाब दिया एक बेटा, एक बेटी हो जाने के बाद, "मैं तो आज ही घिसटा रही हूँ।" रामफल की माई या तो गठिया के दर्द से कराहती रहती या अपनी इस बड़की पतोहू पर बड़बड़ाती रहती। छोटके बेटे सरवन कुमार और छोटकी पतोहू से उनकी एक न पटती। विवाह के अगले साल ही अलगा-बिलगी हो गई। रामफल को मिले ढाई बीघे खेत और एक 'देशी' भैंस तथा एक बैल। रामफल दूसरे का साझा बैल लेकर खेती करते रहे। बाप पहले ही उनके 'करतब' से साधु होकर कहीं चले गए थे, आज तक न लौटे। रामफल माई को खोना नहीं चाहते थे सो उनकी गाली को भी आशीर्वाद मानकर उनकी सेवा करते रहे। शादी के इतने दिन बाद उस बार भी खरबूजा बोया था उन्होंने, फिर इधर कुआर में इस बार दूसरे किसानों ने आलू बोई और रामफल ने गोभी। दोनों में घाटा।

लोग-बाग तंज कसते, "कहो रामफल, खरबूजे और गोभी में तो मालामाल हो गए होंगे?"

रामफल खिसियाई नज़र से देखते।

"इस साल क्या पलान है?" कोई पूछता?

"सोचते हैं इस साल मछली पालेंगे—गाँव के लोगों की इजाज़त हो तब?"

"पहले बानरों से इजाज़त ले लो।"

"ले लिया। बानर मछली नहीं खाते, ख़ासकर यहाँ के।"

"और हम लोग?"

"आप लोगों से कुछ भी नहीं छूटता।"

रामाज्ञा पंडित मन्द-मन्द मुस्काते हैं, "अच्छा रामफल तुम्हारी पढ़ाई-लिखाई कहाँ तक हुई है बचवा?"

"खींच-खाँच के इंटर।"

"खींच-खाँच के...?"

"हाँ पंडित जी, ऊ तो स्कूल के मास्टरों से पूछें। पहले तो फोर फेल रहे गदहिया गोल तक जानत के नाम से टुकारकर बोलावैं। हमहीं से छड़ी और साटा बनवा के हमहीं पर तोड़ैं। जान-बूझ के नम्बर कम दें, चाहे फेल करें। कॉलेज में भी आपके भाई साहब तो प्रिंसिपल रहे पूछिए उनसे, एक दिन क्रोध में आकर लगे पीटने हम उही दिन से कहा, "महाराज पालागी।"

"आपनि पढ़ाई रखो अपने पास।"

रामफल को याद आया, वे मदार और मेउड़ी का पात ढूँढ़ने आए थे, माई के बतास के लिए, खामखा अटक गए बतकही में।

इलाहाबाद, लखनऊ, बनारस माई को कन्धे पर बिठाकर कहाँ नहीं लिवा गए मगर रोग जस का तस। बस दो-चार दिन का फ़ायदा, फिर दर्द लौट आवे। अब सवाल है, माई को पीठ या कन्धे पर लादकर ही क्यों, तो इसका सीधा-सा जवाब था, डॉक्टरों को दें, कि दवा-इंजेक्शन, की जाँच-वाँच को, कि रेल-बस का किराया-भाड़ा? बानरों को देखिए कैसे पेट-पीठ से चिपकाए इस डार से उस डार कूदते रहते हैं।"

रामफल बन्दरों से रस्क करते मगर चलते ऊँट की तरह।

माई के इलाज के लिए क्या-क्या नहीं किया उन्होंने, झड़ाई, फुँकाई, देहाती, आयुर्वेद, होमियोपैथी, एलोपैथी...सब। खँचिया भर-भर के किताबें और प्रेसक्रिप्सन और विज्ञापन बटोरे। पेट साफ़ करने, हड्डियों, ख़ून और नसों को ठीक रखने से लेकर किडनी, फेफड़ा, लीवर, ज़रूरी विटामिन्स। नाम बदल-बदलकर वही दवाएँ उन्होंने सारी 'पैथी' खँगाल डाली। एक बीघा खेत बन्धक रखने और हज़ारों रुपये का क़र्ज़ लादकर जब कंगाल

होने की स्थिति आ गई तो कहा, "कौनहुँ जतन देई नहिं जाना, ग्रसेसि न मोहिं कहा हनुमाना।"

बस सारी दवाओं को घोंटकर उन्होंने ख़ुद डॉक्टरी का धन्धा उठा लिया।

आश्चर्य! माई ठीक होने लगीं। अपनी ही दवाओं और इलाज से उन्होंने मेहरारू और बच्चों को ठीक किया। अग़ल-बग़ल, पास-पड़ोस को ठीक किया। 'डॉक्टर रामफल' हो गए। सस्ते में ही इलाज पाने के लिए दरवाज़े पर भीड़ जमने लगी।

मछली का 'जीरा' डाल दिया नम्बरदार की 'गड़ही' ठेके पर लेकर। बरखा बीती, जाड़ा आया। इस बीच इलाहाबाद में कुम्भ आ लगा और माई ने कुम्भ में स्नान करने की इच्छा ज़ाहिर कर दी।

पत्नी एकबारगी चिढ़ गई, "वैसे, खेत में सुग्गा हड़ाने को कहूँगी तो देह पिराने लगेगी, का वो गठिया-बतास है और कुम्भ नहाने को फट-से तैयार। इतनी भीड़ में दब-दबा गईं तो और आफ़त। फिर एक ही बेटा तो नहीं पैदा किया आपने, आप छोटके बेटे सरवन कुमार से क्यों नहीं कहतीं? ख़ाली नाम-ए के सरवण हैं?"

उधर श्रवण कुमार एक चुप तो हज़ार चुप। रामफल ने न श्रवण कुमार का इन्तज़ार किया, न किसी गाड़ी-वाड़ी का, चुपचाप माई को उठाकर 'घोड़इयाँ' ली और पीठ पर लादे चल पड़े—सत्तू-पिसान लोटा-डोरी लेकर 'कुम्भ' को। ठंड भयंकर थी और अस्सी किलोमीटर की यात्रा पीठ पर चिपकाए-चिपकाए माई को नहवा ले आए। रामाज्ञा पंडित ने टिपोरी दागी "रामफल को बानर योनि में पैदा होना था, ग़लती से मानुष योनि में पैदा हो गया। ऐसे में आदमी तनिक सुस्ता लेता है, पर नहीं, घर आए तो माई को चौकी पर बैठाकर पहुँचे सीधे 'गड़हिया' पर। बेटा तेजप्रताप गड़ही के किनारे बैठकर किताब पढ़ रहे थे। बाप को हठात् आया देखकर हड़बड़ाकर उठ खड़े हुए, "बाबू, लगता है मछली कोई चुरा ले गया।"

ऐं...रामफल का जी धक-सा रह गया?

"तो तुम माई-पूत पहरा किस चीज़ का दे रहे थे?" रामफल ग़ुस्से से काफूर। पत्नी लौट आई थी, कहा, "ये लो, पाँच दिन से रात-दिन हम माई-पूत रखवाली करते-करते 'सती' हो गए और उसका ये बख़्शीश मिला?"

"तो फिर मछरिया ले कौन गया?"

"हम का जाने! अभी-अभी 'सोखा' के पास से आई रही हूँ, पता लगाकर।"

"मुँह न झौंस दिया चोर का तो असल बाप की बिटिया नहीं।"

रामफल अत्यन्त दुखी हो गए—पानी भी नहीं पिया। सीधे जा पहुँचे ब्लॉक। वहाँ पता चला कि "दो तरह की मछलियाँ वे ले गए थे, उनमें से एक तरह की मछली दूसरी तरह की मछली को खा गई होगी।" चकरा गया सिर। अनाड़ी की तरह लगे ताकने, "अब तक सुना था, मनई ही मनई को खाता है, अब भला बताओ, मछरी भी मछरी को खाने लगी।"

"हुँह! बीछी का मन्तर न जाने, साँप के मुँह में अँगुरी डारै। कभी मछरी पाले होते तो न जानते मछरी का हाल! तुमसे तो अच्छा है सरवन, खेती-बारी अधिया पर उठाकर बम्बई जा रहा है और एक तुम हो, दुनिया के सब काम तुम्हीं अकेले कर डालोगे। अपने साथ-साथ हमें भी जोते रहोगे।"

"सकल करम करि थके गोसाईं! अब आगे क्या करोगे बाबू?" बेटे तेजप्रताप ने तंज़ किया।

"डॉक्टरी से फ़ुसरत मिले तब न सोचूँ।" झूठ नहीं कहा रामफल ने, वाक़ई डॉक्टर रामफल को 'डॉगडरी' से इन दिनों फ़ुरसत नहीं मिलती। वे बने 'डॉगडर' तो पत्नी बनी डगडराइन और 'नर्स' और तेजप्रताप 'कम्पाउंडर'। पैसे एक न लेते। जो श्रद्धा हो उसी डब्बे में डाल दो, एक छेदहा डब्बा रख दिया उन्होंने। सीरियस रोगों को वे कहते, "लखनऊ, बनारस लेइ जाओ भैया, हमारे मान का नहीं है।" लेकिन छोटे-मोटे सर्दी, बुख़ार, जरी, झरी,

फोड़ा-फुंसी वग़ैरह तो उनका हाथ लगते ही छू मंतर।

रात को मेहरारू छेदहा डब्बा खोलकर उलट देती। दुइ-चार सौ आ ही जाते कुछ फटे-कटे नोट भी। इधर बाज़ार के दो एम.बी.बी.एस., दो बी.एम.एस. और दस रजिस्टर्ड मेडिकल प्रैक्टिशनर्स, माने झोलाछाप डॉक्टरों का धन्धा चौपट हो गया। अब वे सैलाइन भी चढ़ाने लगे, फोड़े-फुंसी का 'ऑपरेशन' भी, चोट-चपेट की मरहम-पट्टी और बाँस का फट्टा-वट्टा बाँधकर इलाज भी।

दूसरी तरफ़ खेती गड़बड़ाने लगी, माई पर यथोचित ध्यान न देने से माई रुष्ट रहने लगीं। उनकी बड़बड़ाहट बढ़ती गई। जरा भी ध्यान हटता कि खटिया पर लिटाए गए सेलाइन के बोतलोंवाले मरीज़ों का इलाज करने को 'बन्दर' आ जुटते। एक बन्दर को रामफल ने डंडे से मार दिया तो वह लँगड़ाने लगा और गाँव की पंचायत में उन्हें पाँच सौ का दंड भरना पड़ा। भला हनुमानजी को ऐसे मारा जाता है। "तो कैसे मारा जाता है?" रामफल ने पूछा और बन्दरों की वजह से वे उदास हो गए। तीन साल जाते-न जाते घर में 'गृह-कलेश' इतना बढ़ गया कि रामफल हतबुद्ध हो जाते—"आख़िर इसमें मेरा कसूर क्या है?"

गाँव से उनका सम्बन्ध द्वंद्वात्मक था, दुश्मने जां भी वही जाने तमन्ना भी वही। लोग उनसे चिढ़ते भी थे और गाँव में जब भी कोई समस्या अटकती तो सबसे अन्त में रामफल की ही खोज होती। इधर शादियों में लड़कों द्वारा हीरो होंडा मोटरसाइकिलों की डिमांड बढ़ती जा रही थी। रामफल ने कई लड़कियों के बापों को यह कहकर मुक्ति दिलवाई कि लड़का मोटरसाइकिल चलाकर दिखा दे, तो उसकी डिमांड पर सोचा जाए। इस नुस्खे के निकष पर कइयों को मुक्ति दिलाई थी मगर एक बार ख़ुद ऐसे फँसे कि मत पूछिए। लड़के ने मोटरसाइकिल चलाकर दिखा दी। अब तो लड़की के पिता के चेहरे पर हवाइयाँ उड़ने लगीं पर रामफल तो रामफल

थे। उन्होंने अपनी नई ख़रीदी मोटरसाइकिल उसे थमा दी। घर आए तो बन्दरों की जगह अपने परिवार ने ही घेर लिया।

"बेटा तेजप्रताप टुटही साइकिल से 'कॉलेज' जाता है और बाप ऐसा 'दानवीर' कि मोटरसाइकिल बाँटता चलता है।" डगडराइन ने ताना मारा।

"डार से चूका बन्दर और बात से चूका मनई।" रामफल ने पत्नी को समझाना चाहा पर समझा न पाए। झाँव-झाँव बढ़ती गई तो गोजी उठा ली।

बाप की गोजी को लपककर पकड़ लिया बेटे ने, बोला, "बाबू, जैसे तुम्हारी माई तुम्हें पिराती हैं, वैसे मेरी माई भी मुझको पिराती हैं। ख़बरदार जो माई के ऊपर हाथ उठायेउ।"

रामफल ने बाइफोकल लेंस के पार से देखा, "तेजप्रताप बड़ा हो गया है, फिर झुक गया। रख दी गोजी।" वह रामफल की पहली हार थी।

इधर रामफल ने लक्षित किया कि उनके दवाख़ाने पर पहले की तरह भीड़ नहीं जुटती। कई तो कतराने लगे थे। ग़ौर किया तो पाया कि कुछ केस ख़राब हो गए थे। मगर रामफल का तर्क था, ऐसा किस अस्पताल में नहीं होता। धीरे-धीरे उनके 'नर्सिंग होम' की सारी खाटें ख़ाली हो गईं। कैसे टोटा पड़ गया अचानक मरीज़ों का? दूसरी तरफ़ 'डगडराइन' ने एक झोली कटी-फटी नोटों को लाकर उलट दिया उनके सामने, "इनका क्या करें?"

"अरे बैंक भिजवा देती।"

"बंकवाले ने कहा, इनको दाल में डालकर 'साग पड़वा' बनाकर खा जाओ या बारकर ताप लो। नहीं चलेंगे।"

रामफल सोच में पड़ गए तो डगडराइन ने दूसरी समस्या रखी, "अम्मा का क्या करोगे?"

"क्या हुआ अम्मा को?"

"तुम्हारी दवाई से फ़ायदा नहीं हो रहा।"

"आला-वाला लगाकर देखा, डायरी छान मारी। मेटासिन दे दें, कि ऐंटी

बायटिक चला दें कि पहले जाँच करा लें 104.5 टेम्परेचर है।"

ताबड़तोड़ पानी की पट्टी चढ़ाने लगे। बुख़ार उतरा और थोड़ी देर बाद फिर लौट आया।

रामफल ने माई को लखनऊ ले जाकर दिखाना तय किया। रास्ते-भर सोचते रहे माई की सेहत के प्रति यह चूक कैसे हुई। पिछले दिनों शहजादपुर के एक अनावश्यक विवाद में जोश में आकर कूद पड़े थे। विवाद सनातनी था—आरक्षण का। सवर्ण एक तरफ़ थे असवर्ण दूसरी तरफ़। अपनी आदत से बाज न आनेवाले रामफल दोनों पक्षों से एक ही बात कहते, "आरक्षण ज़रूरी है, जो पिछड़ा है, उसे आरक्षण मिलना ही चाहिए। मगर, वहाँ एक 'मगर' बैठा है वो क्या कि वर्ण, वर्ग और लिंग—तीनों को ध्यान में रखकर आरक्षण हो।" आप लिंग मिटा नहीं सकते, भगवान की बनाई चीज़ है, उसके बिन सृष्टि असम्भव है, पर वर्ण और वर्ग दोनों को मिटा सकते हैं। ये भगवान की बनाई चीज़ें नहीं हैं। मैं एक लड़का लाता हूँ, क्या आप बता पाएँगे यह किस जाति का है और इसकी मूल सम्पत्ति कितनी होगी? नहीं न। हाँ बाकी चीज़ें...। रामफल के बाल खिचड़ी हो गए, मूँछें पक गईं। एक अजीब क़िस्म का गाम्भीर्य छा गया था उन पर। रामफल की बातें किसी की समझ में नहीं आतीं। पीठ पीछे लोग बोलते, "साला पागल है।"

गाँव-भर से तीते हो गए रामफल। पवस्त-भर से तीते हो गए रामफल।... और दूसरी ओर माई की तरफ़ पर्याप्त ध्यान न गया। दूसरे मरीज़ों की ओर भी पर्याप्त ध्यान न गया।

उजड़ गया नर्सिंग होम! मर गईं माई। खाट के पैताने बड़ी देर तक बैठकर रोते रहे रामफल। इक्के-दुक्के लोग जुटने लगे। औरतें थीं। डगडराइन विलाप करने लगीं। सांत्वना देनेवाले सांत्वना दे रहे थे। रामफल ने हथेलियों से आँसू पोंछ डाले—

मुझको बरबादी का कोई ग़म नहीं,
ग़म है बरबादी का क्यों चर्चा हुआ...?

माई को नीचे उतारा गया। रामफल ने कथरी उलट दी—

"अरे! दवाइयाँ-ही-दवाइयाँ बिछी थीं खाट पर कथरी के नीचे। उनके इस ज्ञान और सेवा का क्या मतलब...?"

रामफल ने माई को कन्धे पर उठाया। लोग आशंकित। पता नहीं क्या करने वाला था वह सिरफिरा रामफल। चलते-चलते फावड़ा उठा लिया, पीछे-पीछे गाँव के स्त्री-पुरुष, बच्चे-बच्चियों का हुजूम दौड़ता आ रहा था, "हाँ-हाँ? यह क्या कर रहे हो? रोकती-टोकती ढेरों आवाज़ें? माई को रखकर खेत में फावड़े से एक गड़हा बनाया और माई को उसमें लिटा दिया। मिट्टी से 'माटी' को तोपने के बाद सिर उठाया तो देखा गाँव के स्त्री-पुरुष-बच्चे उन्हें डरकर ताक रहे हैं। गाँव के लोग गोजी लेकर घेरकर खड़े हो गए।

पंडित जी ने कहा, "बहुत अनीति सही हमने तुम्हारी रामफल बहुत लेकिन अब बर्दाश्त नहीं होता। तुमने हिन्दू होकर मुसलमानों की तरह कबर दे दी अपनी माई को?"

रामफल ने माटी की तरह झाड़ दिया आरोपों को। लगा, एक बार फिर घिर गए हैं बानरों से। कोई दाँत निकाल रहा है, कोई धमका रहा है, खड़े हो गए, "क्या ग़लत किया पंचो? क्या ग़लत किया? तुममें चाहे कोई हिन्दू हो, चाहे मुसलमान, किसी ने फूँका, किसी ने गाड़ा, दिखती हैं किसी की माई कहीं?"

"और तुम्हारी माई दिख रही हैं?" रामाज्ञा पंडित ने तंज़ कसा।

"दिखेंगी, दिखेंगी पंडित महराज। फूँक देते तो मर जातीं सदा-सदा के लिए। मैंने अपनी माई को ज़िन्दा रखा है। क्या ग़लत किया? वह तब भी मेरे साथ थीं, आज भी हैं और आगे भी रहेंगी।"

इस झाल से उन्हें जल्दी निकलना था। अपनी वर्ग, वर्ण और लिंग वाली थ्योरी की मीटिंग रखी थी। थोड़े ही दिनों में यह थ्योरी जड़ पकड़ने लगी थी। ऊँची जाति के नौजवान भी यदा-कदा आने लगे थे, उनके बीच अपने सिद्धान्त का प्रतिपादन करते हुए वे महंत जैसे दिखते। उम्र की तरह विचार भी परिपक्व हो रहे थे। बड़े-बड़ों की बोलती बन्द हो जाती।

रामफल के दुश्मनों की संख्या बढ़ती गई। रामाज्ञा पंडित तो सरेआम कहते—

नारि मुई गृह सम्पति नासी, मूड़ मुड़ाय भये संन्यासी।
ते बिप्रन सन पाँव पुजावहिं, उभयलोक निज हाथ नसावहिं।

माई के मरने के साल बीतते-न बीतते इस युद्ध में वे शहीद हो गए। किसने मारा, कुछ पता नहीं। पत्नी और बेटे ने उनकी इच्छा के अनुरूप ही उन्हें भी उनकी माई के क़दमों की ओर उसी खेत में गड़हा खोदकर सुला दिया। कोई ब्रह्मभोज और शुद्धि न रामफल ने किया था, न उनका किया गया।

साल-भर बाद सरवन कुमार अपने बाल-बच्चों के साथ गाँव आए। उनके साथ झुकी कमर और पकी दाढ़ी-मूँछोंवाला एक अस्सी-पचासी साल का बूढ़ा भी था—उनका बाप। भादों का झापस लगा था। गौधुरिया का समय। निर्जन हो रहा था शहजादपुर। सरवन ने आते ही अपनी भौजाई से पूछा, "माई, भैया नहीं दिखलाई पड़ रहे?"

भौजाई ने बेटे तेजस्वी से कहा, "इन्हें उनके पास ले जाओ। भेंट करा दो।"

गौधुरिया रक्ताभ हो रही थी, तेजस्वी उन्हें कहाँ लिवाए जा रहा था?

दादी और बाप की जगह जाकर खड़ा हो गया तेजस्वी।

"कहाँ हैं माई और भैया?"

"ये रहे!"

"वहाँ ततोरई के पीले-पीले फूल के सिवा कहाँ कुछ था?"

ग़जब की फ़सल होती है वहाँ, ग़ज़ब की। रामफल जैसे लोग मरते नहीं। हज़ार-हज़ार आँखों से ताक रहे होते हैं। माँ-बेटे—कभी फूल बनकर, कभी पत्ते बनकर, कभी फल बनकर...।

हासिल

आज फिर बोस्की की याद आई।

इतने वर्षों बाद!

यह मेरे पागलपन के सिवा और क्या है भला! क्या पता, बोस्की अब ज़िन्दा भी होगी या नहीं। ज़िन्दा हो भी तो पता नहीं, कैसी दिखती होगी अब!

वर्षों पहले मैं उससे दक्षिण अफ्रीका की राजधानी जोहान्सबर्ग में मिला था। वह पंचतारा होटल की चौथी मंज़िल की एक मनहूस शाम थी। नीचे कोई नृत्य-संगीत का कार्यक्रम चल रहा था—शायद सिट्रप्टीज भी...। जसवीर के मिल जाने से मैं बाहर भटकने से बच गया था और अपने कमरे में पड़ा हुआ था। बाहर कृष्णकाय जूल लोगों का उत्सव था। हम दोनों यहाँ से आगे की यात्रा पर विचार कर रहे थे कि तभी कॉलिंग बेल बजी।

"यस कम इन।" मैंने कहा।

और फिर दरवाज़े के पल्लों के बीच एक बिजली-सी कौंधी। उसके बारे में सिर्फ़ इतना-भर कह सकता हूँ—

अभी रौशन हुआ जाता है रस्ता,
वो देखो एक औरत आ रही है।

अपूर्व सुन्दरी! रूसी लड़कियाँ, वह भी यूक्रेन की वाक़ई सुन्दर होती हैं। आगे बढ़कर मैंने उसका स्वागत किया।

"आप संजीव हैं?" उसने हिन्दी में पूछा।

"जी। आप...?"

"मैं बोस्की! यूक्रेन से।"

जसवीर उठकर आ गया था, रसियन के हिन्दी अनुवाद के लिए।

"मीट माय फ्रेंड जसवीर चावला!" मैंने परिचय कराया।

"क्या हम 'हिन्दी' या रसियन में बात कर सकते हैं, अगर कोई परेशानी न हो तो, मुझे इंग्लिश बहुत कम आती है।" बोस्की ने हिन्दी में कहा।

"क्यों नहीं।" मैं झेंप गया।

"आप लोग शायद इस कॉन्फ्रेंस में आए हैं!" बोस्की ने कहा।

"जी। और आप?"

"मैं भी।"

"भारत में कहाँ रहते हैं?"

"दिल्ली।"

"आगरा क्या सचमुच सुन्दर है?"

"आगरा में सब कुछ आपके जैसा नहीं। आप शायद ताजमहल के बारे में कह रही हैं!"

"हाँ वही,...मेरा मतलब ताजमहल...।" उसने मुस्कुराते हुए कहा।

"सुन्दर तो है पर नज़दीक से उतना सुन्दर नहीं लगता।"

"बात निकली तो चल पड़ी। यहाँ के विषमतामूलक समाज, ग़रीबी, अन्याय...।"

"आप लोग कभी नेल्सन मंडेला से मिले थे?"

"नहीं मिल पाए।"

"साउथ अफ्रीका में सोना भी है, बदहाली भी।"

"जी।"

"हमें तो रूस का साहित्य अच्छा लगता है, जैसे गोर्की, गोगोल, चेखव, टॉलस्टाय, तुर्गनेव, पुश्किन वग़ैरह-वग़ैरह।"

"आपके प्रेमचन्द भी कम नहीं।"

जसवीर को और सच पूछिए तो मुझे भी बेइंतहा शिकायतें थीं। यहाँ की न्याय व्यवस्था, पग-पग पर फैला अन्याय, भ्रष्टाचार, पक्षपात, बेरोज़गारी, राजनेताओं, अफ़सरों की आरामतलबी—ये वे ही शिकायतें थीं जो एक बार शुरू हो जाने पर रुकने का नाम न लेतीं। मुख़्तसर में यूँ कहें कि हमें यहाँ की हर चीज़ पर असन्तोष-ही-असन्तोष था। यूक्रेन की ख़ुशहाली, साहित्य, चेरिनोबिल की परमाणु दुर्घटना पर हम ज़्यादा-से-ज़्यादा जानने को इच्छुक थे। हमारी वाचालता के सापेक्ष में बोस्की बहुत कम बोल रही थी, कभी रूसी, कभी हिन्दी में, कभी टेक्नोलॉजी की प्रगति—हम कितना खींचते। बातों-ही-बातों में उसने बताया कि उसकी एक बेटी भी है।

"तो क्यों नहीं आईं?"

"इसका कोई जवाब नहीं है मेरे पास!"

"काश आप पहले मिली होतीं।" मैंने एक ठंडी आह भरी।

वह हँसी। हँसने की आँच मद्धम थी उस पर उदासी के बुरादे थे।

"पहले मिली होती तो क्या कर लेते आप?" वह फिर मुस्कराई।

"मुझे तो अपने एक उपन्यास के पात्र के लिए रसियन भाषा का उपयोग करना था। मैं आपसे काम लायक भाषा सीख लेता।"

"बस? बड़ा सीमित उपयोग था मेरा!" वह फिर से हँसी, वैसी ही हँसी।

"और आपकी...?" सवाल जसवीर से था।

"मैं चेरिनोबेल में था। आपकी दोस्ती कई मायनों में फ़ायदेमन्द होती मेरे लिए।"

"मैं कीव में रहती थी। आपको वहाँ खाने-पीने की कोई दिक़्क़त थी?"

"नहीं, मुझे बस एक अनजाने देश में आप जैसी किसी मित्र के संग-साथ की चाहत-भर थी। मैं एक यायावर प्राणी हूँ।" जसवीर ने बताया, "वैसे आपका रूस मुझे बहुत पसन्द आया था।"

"क्या सचमुच?" बोस्की की आँखें फैल गईं।

"एक रूबल में पेट-भर का खाना मिल जाता, तीन रूबल में रेड वाइन।"

"वोदका...?"

"अठारह रूबल का। स्वस्थ रहने के लिए रेड वाइन और अंगूर का रस बीस एक कोपेक का, तो मैं महँगी शराब क्यों पीता! आने-जाने के लिए छह रूबल का पास, जहाँ जाना चाहें। वहाँ की मेट्रो भी शानदार! आवास भी परिवार के हिसाब से, पद के हिसाब से नहीं।

"मेरा ख़याल है एक कम्युनिस्ट देश का सब कुछ नपा-तुला, अनुशासित!"

पता नहीं क्यों, हमारी बातचीत से बोस्की कुछ अनमनी हो रही थी। उसने सिर्फ़ एक टेढ़ा सवाल किया, "जब सब कुछ अच्छा-ही-अच्छा था तो चले क्यों आए वहाँ से इतनी जल्दी?"

"ट्रेनिंग पीरियड पूरा हो गया था, फिर आप जैसा संगी कोई मिला नहीं।"

"आप शादी करना चाहते तो औरत भी मिल जाती।" उसने आँखों से सवाल को उछाल दिया।

मैं यहाँ से शादी करके गया था। सो, स्वर्ग से धकेले गए त्रिशंकु-सा लौट आना पड़ा।

एक सुन्दर औरत का साथ। बोस्की के संग हमने कीव, चेरिनोबिल, बेलारूस, पोलैंड और पता नहीं कहाँ-कहाँ की सैर कर डाली। जसवीर स्वयं यायावर था। उन दिनों वह चेरिनोबिल में ही था—दुर्घटना का एक तरह से प्रत्यक्षदर्शी। पर इस चर्चा में बोस्की प्रायः तटस्थ रही, सिवाय इस

जानकारी के शेयर करने के कि "चेरिनोबिल अभी भी पूरी तरह से विकिरण मुक्त नहीं हुआ है।"

"हिरोशिमा और नागासाकी भी परमाणु बम के बाद विकिरण से कहाँ मुक्त हो पाए!"

"लमहों ने खता की थी सदियों ने सजा पाई!"

कोई किसी ग़लती से सबक नहीं लेता जी। पाकिस्तान के पास, सुनते हैं, 18 या कितने परमाणु बम हैं!"

"और आपके भारत के...?" बोस्की ने पूछा।

"हम नहीं जानते।"

बोस्की ने दरवाज़ा जरा-सा खोलकर झाँका, फिर लौटकर कहा, "आपके एटम बम का जहाँ तक हमें बताया जाता है, सिर्फ़ 15 है।"

"और आपके रसिया के...?"

"अब हमें इजाज़त...आज्ञा दीजिए।" बोस्की युद्ध की चर्चा से फिर कतरा गई।

"ऐसा कैसे, आप आईं, इतनी देर से हमारे संग-साथ हैं। एक-एक प्याला कॉफ़ी तो बनती-ही-बनती है।" जसवीर ने कहा।

"मैं बनाती हूँ।" कहते हुए वह आगे बढ़ गई।

नीचे के प्रोग्राम ख़त्म हो चले थे। कॉफ़ी के बहाने जसवीर ने उसे थोड़ा और रोक लिया था।

कॉफ़ी की प्याली रखते हुए उठकर कहा, "आपको अपने देश के प्रति काफ़ी आक्रोश है न? मैंने आपसे ज़्यादा दुनिया देखी है। जिस दिन आप भी देख लेंगे आप अपने देश को प्यार करने लगेंगे।"

जा रही थी बोस्की। चली गई बोस्की! एक सुन्दर दृश्य की तरह ओझल हो गई बोस्की।

वक़्त बीतता रहा। बीत गया। पर बोस्की को कभी भुला नहीं पाया।

अक्सर उनींदी रातों में जुगनू की तरह कौंध जाती और मैं सोचने लगता, "उसका आना भी रहस्यमय था और जाना भी...। न जान, न पहचान, फिर भी होटल के उस कमरे में मिलने चली आई। मुझे पहले से जानती हो—ऐसा भी नहीं था। फिर उस कमरे में मेरे सिवा जसवीर भी है—इसका पहले से इल्म भी उसे नहीं था। तो क्या मुझी से मिलने आई थी, पर भला क्यों?"

किसे पता था कि एक महाविनाशकारी युद्ध छिड़ जानेवाला है। पिछले साल 24 फरवरी को। धीरे-धीरे उसका आकार और प्रकार बढ़ता ही जाएगा। क्या यह वही रूस है जो कभी हमारा आदर्श हुआ करता था। वहाँ के नायक-नायिकाएँ, वहाँ की कहानियाँ, वहाँ के इनसान कभी हमें पराये नहीं लगे। साइरन की सीटियाँ, मिसाइलों, टैंकों और एक से बढ़कर एक विध्वंसक शस्त्र। मैं बगीचे में बैठा पलास के दहकते रक्तिम फूलों को देखा करता। लगता, मांस के लोथड़े पेड़ों पर टँग गए हैं। यूक्रेन तो रूस का ही एक अंग था! दहशत, धमाके और आग के शोले! पता नहीं कितने केमिकल और बायोलॉजिकल वार्स! पूरी पृथ्वी को जलाकर ख़ाक कर देंगे—यह कैसी सनक है! तेल, गैस, प्राकृतिक और खनिज सम्पदा, बस इनकी लालच में दोनों एक-दूसरे को सोख लेंगे! फिर यह मात्र रूस और यूक्रेन के विनाश का युद्ध नहीं है, इसके फाल-आउट्स कहाँ-कहाँ तक गिरेंगे! झुलसा-झुलसाकर, तड़पा-तड़पाकर मारेंगे! चुन-चुनकर जिसे बनाया था, उसे विनष्ट करने में तनिक भी हाथ नहीं काँपे!

क्या इसलिए तकदीर ने चुनवाए थे तिनके
बन जाय नशेमन तो कोई आग लगा दे!

दुनिया दो पक्षों में बँटती जा रही है। इन्हें रोकने के लिए कोई आगे नहीं आ रहा है।

इस महायुद्ध को शुरू हुए साल-भर हो गया। जसवीर आया है। शायद

कोई नई ख़बर ले आया हो। हम अक्सर युद्ध की विभीषिका पर चर्चा करते, आज भी। बोस्की की याद अब बड़ी-बड़ी ख़बरों में दबकर रह गई थी। अचानक जसवीर दीवार की ओर मुँह कर बड़े करुण स्वर में गाने लगा—

कस्मे वादे प्यार वफ़ा सब बातें हैं बातों का क्या
कोई किसी का नहीं ये झूठे नाते हैं नातों का क्या
होगा मसीहा सामने तेरे फिर भी न तू बच पाएगा
तेरा अपना ख़ून ही आख़िर तुझको आग लगाएगा।

मैं काँप गया हूँ।

"कोई बुरी ख़बर...?"

"सारी ख़बरें बुरी हैं।"

"फिर भी?"

"रूसी सैनिक यूक्रेन के घरों में घुसकर बलात्कार कर रहे हैं...।"

"बस-बस आगे बताने की ज़रूरत नहीं है।" मैं अपनी बोस्की को इस स्थिति से बचा लेना चाहता था।

अगले दिन जसवीर ने जाते-जाते पूछा, "कुछ सुना तुमने?"

"कोई बुरी ख़बर?"

"बुरी नहीं, अच्छी ख़बर।"

"युद्ध बन्द हो गया?"

"वह तो नहीं मालूम, मगर दोनों पक्ष युद्ध में हताहतों को एक-दूसरे को वापस करने को राज़ी हो गए हैं। लाशों का आदान-प्रदान।"

"क्या बात है! इस महायुद्ध में सभी तो लाशें हैं। जो मर गए, मर गए, जो ज़िन्दा हैं, वे भी! कहने के लिए एक से बढ़कर एक सिद्धान्त हैं, बघारने के लिए एक से बढ़कर एक, पर हैं हम सभी लाशें ही—इस मृत्यु उत्सव के दर्शक!"

रात सपने में मैंने अपने-आपको एक बेगाने मुल्क में पाया। रूस या यूक्रेन! युद्ध का दहशत भरा माहौल! लोग अपने-अपने बाल-बच्चों और सामान लेकर घरों से भाग रहे थे। अरे, यह तो बोस्की का घर है। लगा, मैं बोस्की और उन सारी चीज़ों के बारे में सब कुछ जानता हूँ। साइरन लगातार बज रहे हैं। दो सैनिक बोस्की के घर में घुसते हैं। प्रतिरोध करनेवाले को गोली मारते हैं। बोस्की को घसीटकर बग़ल के कमरे में ले जाते हैं। बच्ची पर दया आती है। वे उसे कन्धे पर उठा लेते हैं। बच्ची को टॉफी देते हैं। टॉफी फेंककर वह नन्ही जान बिफरकर हाथ-पाँव पटकने लगती है। मुक्के मारने लगती है। टॉफी ख़ून में जा गिरती है। उधर बोस्की पर भेड़ियों-सा टूट पड़ते हैं सैनिक। बलात्कार! उसका कोई प्रतिरोध काम नहीं आता।

"अब इसका क्या करोगे?" पूछता है दूसरा सैनिक।

"इसका...?" और इसके साथ गोली चलती है। शान्त हो जाती है बच्ची। झूल जाता है फूल-सा बदन। मिसाइलों की आवाज़ों से कान के परदे फट रहे हैं।

एक दृश्य अनेक में ढलता है। लगातार धमाके, लगातार बलात्कार, लगातार गर्जना और शोलों के अम्बार! सारी चीख़ें, सारे चीत्कारों को पीसती हुई ख़ौफ़नाक आवाज़ें।

कोई कह रहा है, "यह अकेले रूस का अन्त नहीं, पूरी दुनिया का अन्त है। तुम क्या समझते हो, तुम बच जाओगे? आज तक की सभ्यता, संस्कृति, ज्ञान-विज्ञान का कुल सारांश है यह युद्ध! और युद्ध की कुल सम्प्राप्ति या सारांश—आँसू और हल्की बूँदें!

सपने में फिर आ गई बोस्की। कुछ पता नहीं चल रहा, कहाँ का दृश्य है, सामने पुतिन है, जेलेंस्की है, जो वाइडेन है और अन्य राष्ट्राध्यक्ष...!

"जब तक रूस से अलग हुए सारे घटक देश रूस में वापस नहीं मिल जाते, युद्ध चलता रहेगा।" पुतिन कहते हैं।

पूछती है बोस्की, राष्ट्राध्यक्षों से—तॉलस्ताय की एक कहानी है, "तुम्हारी ही तरह एक व्यक्ति को ज़मीन की लिप्सा थी। उससे कहा गया, इस प्रस्थान बिन्दु से चलकर शाम तक तुम जितनी ज़मीन घेर लोगे, वह सब तुम्हारी हो जाएगी। दौड़ शुरू हुई। जैसे-जैसे वह बढ़ता गया, उसका लोभ बढ़ता गया। पीछे देखा तो लौटना लाजिमी लगा। वह वापस मुड़ा। प्राणपण तेज़ दौड़ा मगर प्रस्थान बिन्दु से दो गज पहले गिरा और मर गया। उसकी सारी लालच, सारी कोशिश बेकार गई। तो एक सत्य पुतिन साहब का है और एक तॉलस्ताय का। सवाल है किस तथ्य को चुनना चाहेंगे आप—इस महा विश्वयुद्ध का महान सत्य।"

यह दुनिया अब भी सुन्दर है

छीजते चाँद की जर्द रोशनी फूस और नारियल के जीर्ण-शीर्ण झोंपड़ों में कोई रंग नहीं भर पाई थी अभी। फिर भी चेन्नई के इस नेटटकपम गाँव में थोड़ी हलचल जाग गई थी। सर्वग्रासी कोरोनाकाल की इस रात का शेष पहर था यह। अपने पंजों में मुँह दबाकर बैठे कुत्तों ने माहौल की अस्वाभाविकता को अचरज से सूँघा और आँकने की कोशिश की। पहले दो-चार जन निकले, फिर उनकी संख्या बढ़ते-बढ़ते सात हो गई।

श्रीनिवासन ने एक बार फिर साइकिल की हवा चेक की, ब्रेक को परखा, पीछे कैरियर पर चादर की गद्दी को ठीक किया, पड़ोसी के हाथ से भात और आलू की पोटली को थैले से लटका दिया, साथ में पानी की बाटली भी, नीम अँधेरे में काग़ज़ों की उपस्थिति का अनुमान किया और हाथ की घड़ी को देखकर बुदबुदाया 'पाँच!'

पत्नी कन्नीमनी को औरतें ले आईं—सफ़ेद आँख, सूखी मछली-सा चीमड़ चेहरा। पीछे कैरियर पर पत्नी को पड़ोसिनों ने एहतियात से बैठा दिया। दोनों ने हाथ जोड़कर पड़ोसियों का अभिवादन किया। सबने प्रणाम का उत्तर देते हुए हाथ हिलाकर उन्हें विदा किया। गर्दन घुमाकर पीछे बैठी पत्नी से पूछा, "ठीक है?"

"ठीक!" जवाब पाकर चल पड़ा।

यह बीतते मार्च की सँवलाई-सँवलाई भोर थी। अलसाई-अलसाई चिपचिपी हवा। सड़क सन्नाटे भरी। इस सन्नाटे को कोरोना का क़र्फ़्यू और भी गाढ़ा कर रहा था। कुल दो-चार स्त्री-पुरुष और चन्द सरकारी वाहनों के अलावा एकदम वीरान। मील का पहला पत्थर सामने आया—पुड्डुचेरी 89 किलोमीटर। 80वें किलोमीटर पर सड़क के ऐन सिरे पर सूरज निकला—लाल टह-टह सूरज! इस बीच दो-तीन बार उसने पीछे बैठी पत्नी की उपस्थिति को छूकर आँक लिया था।

"अभी दस किलोमीटर ही आए हैं।" उसने पत्नी से यूँ ही कहा। उसे मालूम था कि उसकी ओर से कोई भी प्रतिक्रिया नहीं आएगी, फिर भी पत्नी की उपस्थिति के अहसास को जगाए रखने के लिए ऐसी बर्राहट ज़रूरी थी।

इसके पहले कि थकान उस पर हावी हो जाए, इसके पहले कि सूरज हाथ से फिसल जाए उसे ज़्यादा-से-ज़्यादा दूरी तय कर लेनी है। वह चक्कर खाती मशीन बन गया था। कडलूर आते-आते सूरज सिर पर आकर खड़ा हो गया तो उसने एक बन्द गुमटी के पास अपनी लम्बी टाँगें टेक दीं, "रुकते हैं। उतर तो जाओगी? मैं सँभाल रहा हूँ। ऐ! शाबास!" पत्नी के सकुशल उतर जाने पर बह उतरकर उसे सहारा देकर गुमटी तक ले गया पास के बैठके पर बिठाकर पानी की बाटली निकाली, फिर पूछा, "आलू खाओगी या भात?"

"..."

चम्मच से लगा खिलाने। "लक्ष्मी अम्मा बड़ी होशियार है, रोटी न देकर भात दिया।"

"तुम्हारे दाँतों के लिए यही मुफीद है।"

"तुम!" पहली बार बोली थी पत्नी।

"खाएँगे साथ-साथ।"

"हूँ।"

"बस? और खा लो न!"

"खाकर तुम्हारा वज़न नहीं बढ़ाना।"

"पत्नी का मज़ाक़ सुखद लगा। उसने पत्नी को मुस्कराकर देखा।"

"और कुछ करना हो तो सामने...!"

"पुड्डुचेरी अभी बावन किलोमीटर है। चलो बैठो। सँभल के।"

उसने कपड़े से अपना और पत्नी का चेहरा, गर्दन रगड़कर पोंछा। चार-चार घूँट पानी हलक़ से उतारे और चल पड़ा। श्रीनिवासन ने अपने मुँह के मास्क को ठीक किया, कन्नीमनी के मास्क को भी।

इस लॉक डाउन ने सड़क का सारा जीवन सोख लिया है, वरना इस सड़क पर ऐसे चल पाते हम?

आगे एक सिपाही के डंडे ने टोका, "कहाँ जा रहे हो।" हड़बड़ाकर वह रुका। पत्नी को धीरे से उतारा। थैले से अस्पताल के काग़ज़ात निकाला, "पुड्डुचेरी हॉस्पिटल सर! कीमो है।"

"कहाँ से आ रहे हो?"

"नेट्टकूपम से।"

"साइकिल से? वह भी डबल सवारी?" सिपाही की आँखें फैल गईं।

"डबल कहाँ साब, ये तो मेरी वाइफ़ है!"

"ओह!" सिपाही श्रीनिवासन का पसीने से नहाया मुँह ताकने लगा।

"अभी जितना आए हो, उतना ही और आगे जाना है, मालूम?"

"मालूम है साहब।"

"तुम्हारे पहुँचते-पहुँचते तो हॉस्पिटल बन्द हो जाएगा। वैसे भी लॉक डाउन है, हॉस्पिटल खुला होगा?"

"डेट तो आज का ही दिया हुआ है?"

"तो भाई मेरे कोई सवारी का साधन कर लिये होते।"

"बहुत दौड़-धूप की, दस हज़ार से कम पर कोई राज़ी नहीं हुआ, अपने पास उतने पैसे कहाँ...।"

"जाओ-जाओ देर न करो तब।" पुलिस के सिपाही ने पत्नी को कैरियर की सीट पर बैठाने में मदद की। श्रीनिवासन दो बार चल पड़ा।

थोड़ा आगे जाने पर पत्नी ने भन्न-से जाने क्या कहा! शायद फ़ोन-वोन जैसा कुछ।

"दो बार हॉस्पिटल फ़ोन किया, सम्पर्क ही न हुआ। अब तक नहीं सोचा तो आगे क्या सोचना। ईश्वर का नाम लेकर चलते हैं। आधा चले आए, बाक़ी आधा भी चले चलेंगे। जब चल पड़े तो पीछे मुड़कर क्या देखना। है कि नहीं?"

"ठीक!"

अब सूरज उसके दाएँ कन्धे पर था।

वह तेज़-तेज़ पैडिल मारने लगा। पोंगल के बाद की धान की फ़सल के कटे हुए खेत, मकान, दुकान, पेड़-पौधे, इनसान—सब तेज़ी से पीछे भागते जा रहे थे। मील के पत्थर जल्दी-जल्दी आने लगे। पुड्डुचेरी पैंतालीस, पुड्डुचेरी चौवालीस तैंतालीस...चालीस...सूरज कन्धे से नीचे लुढ़कता जा रहा था। अब साइकिल को आगे बढ़ने और सूरज के तेज़ी से लुढ़कने में एक होड़-सी मच गई—कौन किसे हरा पाता है! यद्यपि सड़क पर अब भीड़ बढ़ चली थी, फिर भी उसे लगा, इस पूरे ब्रह्मांड में इस समय वह अकेला यात्री है पत्नी के साथ, जो इस भवसिन्धु में उतरा हुआ है। इतने भयानक सन्नाटे में साइकिल को किई-किई, खटर-पटर से अलग कोई भी आवाज़ नहीं रह गई है।

तेज़, तेज़ और तेज़...लो चेन उतर गया!

उतरकर पत्नी को उतारा। इस चेन को भी अभी ही उतरना था।

शुकर है, चेन ही उतरा था, बाकी कोई गड़बड़ी नहीं दिख रही।

चेन चढ़ाकर कालिख लगे हाथ को बग़ल की घास पर उसने रगड़कर साफ़ किया। आस-पास कोई गड्ढा-वड्ढा नहीं दिख रहा था।

"पानी पी लो दो घूँट!" पत्नी से कहा।

दो घूँट उसे पिलाकर, ख़ुद भी दो घूँट पिया। "घड़ी पाँच बजा रही थी। और मील का पत्थर बीस किलोमीटर धवला कुम्पम," श्रीनिवासन ने ख़ुद से कहा।

"तुम हमें वह ज़रूर दिखा देना।"

"कौन-सा?"

"वही ईस्ट कोस्ट रोड वाली जहाँ लहरें छर्र-छर्र बजकर धुआँ-धुआँ हो उठती हैं।"

"ज़रूर।"

"आ गए क्या?" कन्नीमनी ने पूछा, "यह कौन-सी नदी है?"

"नदी नहीं! बैक वाटर है समुद्र का।"

कन्नीमनी ने कुछ नहीं कहा। श्रीनिवासन उसे बहलाने की कोशिश करता रहा, "अरे वो समुद्र है न, बीच-बीच में उसका पानी घुस आता है। इसे कहीं-कहीं क्रिक भी कहते हैं। पर उसने देखा कन्नीमनी के चेहरे का भाव नहीं बदला। थके-थके क़दमों से पैदल चलकर उसने पुलिया पार की। किनारे के पक्षी चोंच में मछलियाँ पकड़कर उड़ान भर रहे थे। उसने अपनी पत्नी को प्रसन्न करने की कितनी कोशिशें की। पर उसका सपाट चेहरा सूखी मछली-सा रुक्ष बना रहा। लाख-लाख किल-बिल करती मछलियाँ हैं सागर में, मगर उनकी नसीब में यही सूखी चीमड़ बेजान मछली है। नहीं। उनमें से किसी ने ऐसा-वैसा कुछ नहीं कहा।"

साइकिल फिर चल पड़ी। ईस्ट कोस्ट सड़क की सुन्दर सड़क पर आ गए वे। दूर सागर की गर्जना सुनाई पड़ रही थी। लहरें आतीं और किनारे के काले पत्थरों पर टकराकर छर्र-छर्र बिखर जातीं। इसी ख़ूबसूरत दृश्य

के लिए वह पति से इतना इसरार कर रही थी।

और अब जबकि वह दृश्य सामने था, उसके लिए उसका कोई महत्त्व नहीं रह गया। वह लिये जैसे उसका इस ख़ूबसूरत नज़ारे के ऊपर-ऊपर संतरण कर रहा था। मन जैसे असम्पृक्त उसके प्रस्तर मन को एक भी बूँद नम नहीं बना पा रही थी। अब उसे दूसरी चिन्ता सता रही थी—बच तो जाएगी न। पर उससे भी ज़्यादा असम्पृक्त थी कन्नीमनी।

मन-ही-मन उसके अरविन्द आश्रम को प्रणाम किया और मन्नत मानी—अगली बार मत्था टेकने ज़रूर आएँगे हम दोनों।

पति के कपड़े पसीने से लथपथ थे। शहर की बत्तियाँ जल उठी थीं। वह अभी भी साइकिल चलाते हुए किसी अँधेरी गुफा में समाता जा रहा था। हे भगवान! मेरे चलते उसे कुछ हो न जाए। पलकें थिर नहीं थीं, बार-बार मूर्च्छा-सी आ जाती। पर कीमो की टेबुल पर पहुँचाए बिना उसे मरने तक की मुहलत कहाँ! शायद थवलाकुप्पम आ गया। वो रही ईस्ट कोस्ट की सड़क। अब बस चन्द किलोमीटर और...। इस दुनिया-जहान में और भी बहुत कुछ है। कैंसर हॉस्पिटल के सिवा, लेकिन श्रीनिवासन के लिए कुछ नहीं, उसे सिर्फ़ अस्पताल दिख रहा था जहाँ पहुँचने में उसे पहले ही काफ़ी देर हो चुकी है।

अँधेरा झरने लगा। बत्तियाँ जल उठीं। पसीने से नहाए बदन को समुद्र की नमकीन हवा सहलाने लगी। पुड्डुचेरी दस।

"पुड्डुचेरी नौ!"

"पुड्डुचेरी आठ।"

और लो, वो झिलमिलाने लगी हास्पिटल की बत्तियाँ। और वो रही हॉस्पिटल की बिल्डिंग।

आख़िर पहुँच ही गए अन्त-अन्त तक।

साइकिलवाले मुख्य सड़क से नहीं जा सकते। वह पत्नी को लेकर बग़ल

के साइकिलवाले द्वार से ले जाने लगा तो सुरक्षा प्रहरी का डंडा आ गया।

"कीमो है साहब। आज की डेट!" पाँव मन-मन भर के हो रहे थे और ज़बान भी...।

हट गया डंडा पर अस्पताल तो बन्द है। अब?

वह रुआँसा हो गया।

पत्नी को वहीं खड़ी कर इधर-उधर आ-जा रहा था कि एक चपरासी ने टोका, "क्या बात है?"

"कीमो है साहब, वाइफ़ का—वो खड़ी है, नब्बे किलोमीटर दूर से...।" धीरे-धीरे और दो-एक जन जुटे।

कुछ डॉक्टर और दो नर्सें जुटीं।

विचार-विमर्श चलता रहा।

नाइंटी किलोमीटर से डबल सवारी साइकिल करके पेशेंट लेकर आया है। कीमो की डेट आज की है। फ़ोन से कॉन्टैक्ट नहीं हो सका। पैसे थे नहीं। क्या कसूर है उसका? बैठे-बैठे ही झपकी और झपकी में ही सपना... श्रीनिवासन सपना देखता है। "बच तो जाएगी न साब?" वह जिस-तिस स्टाफ़ से पूछ रहा है।

"डेट फेल मत करना। डॉक्टर ने कहा था। हमने डेट फेल होने नहीं दी। वह जिस-तिस को बता रहा है।"

"आज की ही डेट थी?" कोई पूछता है।

"आज की ही।...बच तो जाएगी न सर?" वह पूछता है।

"तुम अपना काम कर चुके यहाँ पहुँचाकर, बाक़ी भगवान पर छोड़ दो।" कोई आश्वस्त करता है।

"कानों में आवाज़ें बज रही हैं इत्ती रात को।"

"सौ किलोमीटर से ला रहा है, वह भी डबल सवारी।"

कोरोना का कर्फ़्यू-काल है। कोई सवारी-उवारी नहीं मिली होगी।

मिल भी जाए तो इस ग़रीब के पास पैसे कहाँ!

"पता नहीं अन्न का कोई दाना भी पेट में गया होगा इनके या नहीं।"

आलू और भात था शायद उधर फेंका हुआ है, कुत्ते ने भी सूँघकर छोड़ दिया। बासी हो चुका था।

साइकिल कहाँ पड़ी है और जिस्म कहाँ पड़े हैं कोई सुधि नहीं। थकान का एक अथाह सागर है। मक्खियों-सी भनकती आवाज़ें धीरे-धीरे किसी और लोक से आती-सी लगीं धीरे-धीरे वे भी बुझ गईं।

कब किसने उठाया, कौन गया, किसने पत्नी को बेड पर लिटाया, कब कीमो सम्पन्न हुआ—उन्हें कुछ ख़बर नहीं। हॉस्पिटल का स्टाफ़ पति-पत्नी को देख रहा था—एक बेड पर, एक चेयर पर दोनों थककर बेतरह सो रहे। डॉ. रंगनाथन धीमे-धीमे बुदबुदा रहे थे—

"बुढ़िया ग्यारह साल के लड़के-सी दिख रही है बाल झड़ चुके हैं, चेहरे पर कोई रंगत नहीं, लावण्य विहीन, चुचकी लत्ते-सी छातियाँ। आँखों के कोये उजले। कोई देखे तो डर जाए! यह औरत बचेगी भी या नहीं—पता नहीं। बच भी गई तो दैहिक दृष्टि से इसकी क्या उपयोगिता होगी। श्रीनिवासन के लिए। फिर भी रक्त की अन्तिम बूँद तक बचाने की कोशिश कर रहा है वह—नब्बे किलोमीटर दूर से लादकर ले आया पत्नी को।"

श्रीनिवासन नहीं जानता कि कौन था शाहजहाँ, बेपनाह प्यार करता था अपनी पत्नी बेगम मुमताज को, उसकी याद में ताजमहल बनवा दिया था, नहीं जानता दशरथ माँझी को, जिसने पत्नी की याद में पहाड़ काटकर रास्ता बना दिया...। इस तरह के सारे नामों और चेहरों से अनजान है वह। उसने गीता नहीं पढ़ी, क़ुरान नहीं पढ़ा, बाइबिल नहीं पढ़ी होगी, धर्म क्या है, कर्म क्या है, नहीं जानता। उसे सिर्फ़ उसकी इस पत्नी की जान सलामत चाहिए जो भी हो, जैसे भी हो। कैसे-कैसे कट गई रात। रात या रातें...श्रीनिवासन को कुछ नहीं पता। उसे तो यह भी पता नहीं होगा कि

लौटनेवाली एम्बुलेंस के बाहर अभी भी क्या हो रहा है। पता होता तो वह जानता कि सुपरिंटेंडेंट मुरलीधरन साहब और कैंसर विभाग का पूरा स्टाफ़ विदा दे रहा है अपने पेशेंट को।

एम्बुलेंस की बैक लाइट उजली है, जैसे कन्नीमनी की आँखें। टूटी हुई साइकिल एम्बुलेंस पर लादी गई सहसा ही एम्बुलेंस स्टार्ट हुई, उजली लाइट लाल हुई विदा के हाथ हिले...।

कन्नीमनी को होश नहीं है, श्रीनिवासन को होश नहीं है उनसे थोड़ी दूर पर बैठे जेम्स के पास उनके लिए चार हज़ार रुपये, दो महीने की दवा, खाने-पीने का सामान उनके कुछ एक कपड़े वग़ैरह हैं जिन्हें हॉस्पिटल के स्टाफ़ ने दिये हैं उनके लिए। कैसे पहचानते पति-पत्नी, कि जहाँ इस दुनिया में कोरोना काल में लाखों को असुरक्षित हाँक देनेवाले हैं, वहाँ ऐसे लोग भी हैं। सबके चेहरों पर तो मास्क लगे हुए हैं उत्तर से दक्षिण, पूरब से पश्चिम की इस गहन कोरोना काल में सब कुछ ख़त्म ही नहीं हो गया, अभी भी बहुत कुछ शेष है, यक़ीन न हो तो नकाब उलट देख ले श्रीनिवासन, देनेवालों की आँखें नम हैं, कह रही हैं, "क्षमा करना हमें, हम तुम्हारे लिए कुछ ख़ास न कर सके।"

सौ टके की टीचर

वह बार-बार सूरज को देख रही थी और काम करती जा रही थी गोया वह महज़ एक कठपुतली हो जिसकी डोर सूरज के हाथ में हो और वह नाचते-नाचते पस्त हुई जा रही हो।

कोई एक काम है। कुट्टी काटना, नाद साफ़ करना, कुएँ से साफ़ पानी निकालकर नादों में भरना, दो बैल, एक गाय, एक पँड़िया को नाद से बाँधना और दोनों बकरियों और उनके तीन मेमनों को बाहर खदेड़ना—साथ में अपनी बेटी को भी, "देख किसी के खेत-वेत में न पड़ जाएँ। घंटे-भर में आ जाना छोटके को देखना है, रात देह तप रही थी, बाहर खेलने न पावे।" इसी के साथ ध्यान छोटके पर जाता है, मगर उसे छेड़ने का मतलब है बाक़ी काम बन्द।

सास का टटरा अधखुला है, अस्त-व्यस्त सोई पड़ी हैं। ससुर उठ गए हैं और सुरती मलते हुए पोखर की ओर जा रहे हैं। यानी 'महारानी' की तबीयत आज फिर ख़राब है। अब गोबर भी उसे ही काढ़ना पड़ेगा और झाड़ू-बरतन भी। निचोड़ लो जितना निचोड़ते बने। यह प्रौढ़ शिक्षा की मास्टरी जैसे माहुर का कौर हो गई सबके लिए। सौ रुपये की आस बँध गई है तो जलने लगे हैं सब, कल को पाँच-सात सौ मिलने लगे तो जाने क्या बीतेगी इन पर! तिस पर भी वह सबेरे का सारा काम निपटाकर जाती

है कि किसी को 'तिरिन' न तोड़ना पड़े, लेकिन इन सबको ख़ुश करना पत्थर पर दूब उगाने से भी टेढ़ा काम है। मर्द पंजाब से हज़ार-बारह सौ कमाकर भेजता तो उसकी भी तनिक 'पत' रहती, पर जब से गया है, न चिट्ठी न चौपाती। ठीक है नहीं जाएगी वह। अब छोटके की दवा है करा दे कोई। चाहते हैं ठाकुर-बाभनों की तरह घर के अन्दर लाकर रखें। नहीं मरेगी वह घुट-घुटकर इस तरह।

रोटी सेंककर, कठौते को धोते हुए बालों में जूँ का वहम होता है। खभर-खभर करती हुई सूरज को देखती है तो वह महुए की टेढ़की डाल पर बैठकर उल्लू-सी आँख निकाल रहा है। हाय राम, अभी कोस-भर जाना है।

एक बासी, एक ताज़ा रोटी लेकर उसने नमक में डुबोकर कौर तोड़ा कि सास का डंक, "संझा का पिसान है महटराइन!" 'महटराइन' के निहितार्थ पर तिलमिला उठी वह, "पीसना पड़ेगा।" जबरन संयत रखना पड़ता है ख़ुद को, कुछ भी मुँह से निकला कि महाभारत!

"तो पीसेगा कौन? तुम तो ठाठ से मचक्का पर चढ़कर मौज करोगी, कोई लौंडी-चेरिया लगा रखी हो यहाँ? हुँह 'पीसना पड़ेगा।' कैसे गुमान से टुँहकती है! सौ रुपल्ली की महटराइन का इतना गुमान! कोई हज़ार-पाँच सौ कमाकर लाती तब तो गोड़ ही न परते धरती पर।"

सास और भी बहुत कुछ बोलती जाती है। एक-एक बात का दंश साल रहा है अन्दर तक, पर वह जवाब नहीं देती।

फटी धोती उतारकर चिथड़े हो चुके साये में अब वह भिखारन-सी अपनी एकमात्र धराऊँ साड़ी ढूँढ़ रही है। सारा कत्थर-गूदड़ उलटकर रख दिया, डारा, खूँटी सबको टटोल डाला, पर मुई मिले तब तो। अचानक उसे याद आया, कल रात छोटके को तपते बुख़ार से बचाने के लिए ओढ़ा आई थी वह। आज होमियोपैथी के दवाख़ाने से दवा भी लानी है। छोटके को बिना जगाए हौले से उतार लेती है साड़ी। साड़ी गर्म है। बुख़ार उतरा नहीं।

साड़ी पहनकर दीवार में जड़े आईने में मुँह देखती है तो अपना चेहरा ही डरावना लगने लगता है। पलटकर छोटके को उठाकर सीने से लगा लेती है। थोड़ी देर तक सीने से चिपकाए हुए सारा कुछ भूली रहती है, फिर लौटकर आई बेटी को थमाकर चल पड़ती है। छोटके की रोने की टेर खींच रही है आँचल। वह बेदर्दी से पल्लू झाड़ लेती है, "मैं ये गई और ये आई।"

रास्ते में गाँव के औरत-मर्द-बच्चे उसे उत्सुकता से देखते हैं—"'यह नीमर की बहू महटराइन कब से होइ गई?' अरे हम सब जानते हैं, मर्दों से गुलछर्रा उड़ाने के लिए रचा हुआ तिरिया चरित्तर है ये।"

वह बहरी बनी चली जा रही है।

डेढ़-दो हज़ार तनख़्वाह पाने वाले मास्टर जा रहे हैं सड़क पर। ग्रामसेविका साइकिल पर उनसे बतियाते हुए जा रही है। ज़रूर दस बजनेवाले हैं। अभी उसे सौ रुपये मिलने को है, सुना है, तीसरे महीने से प्रौढ़ शिक्षकों को पाँच सौ मिलने लगेंगे। तब सास के लिए एक नई साड़ी, बच्चों के कपड़े, एक साड़ी अपने लिए भी...और दो-चार महीनों में एक साइकिल भी। पहले लाज लगेगी, लोग कुबोली बोलेंगे और सास तो...लेकिन साड़ी पाकर सास चुप हो जाएगी और ये लोग...? कहेंगे बहू हो तो नीमर की बहू जैसी! अकेले में वह इस तरह मुस्करा उठी है कि कोई देखे तो निश्चय ही उसे पागल समझ ले।

सड़क के दोनों ओर झौंराई हुई झाड़ियाँ हैं करील की। एक बिदके हुए ऊँट से डरकर जो बग़ल हटी कि साड़ी उलझ गई—चर्र! साड़ी को छुड़ाकर मुट्ठी में मसलते हुए वह ऐसा भाव जता रही है जैसे उसे इसका क़तई अफ़सोस नहीं, बक्से भर-भरकर साड़ियाँ रखी हैं, एक फट गई तो क्या! पर अकेले में करील का काँटा अन्दर तक कसकता है। हाय यही तो लाज ढकने का एकमात्र परदा था, यह भी गया। नई साड़ी साठ से कम में क्या पड़ेगी। सौ में साठ गए, बाक़ी बचे चालीस।

सामने नाले की ढलान है, फिर चढ़ान। वहाँ से ठीक ऊपर टँगी दिखती है सन्तबकसपुर की पानी की टंकी! पिराते पाँव मन-मन भर के हो रहे हैं, मानो टंकी ठीक सर पर आ टिकी है।

बेजान टाँगों को घसीटते हुए चली जा रही है कि रास्ते में कोई इक्केवान उसे सलाम करता है। मन तृप्त हो उठता है। सर पर टिकी टंकी हवा में उड़ जाती है। अटपटी चाल धीरे-धीरे सधती है। चेहरे पर प्रौढ़ शिक्षिका का आभिजात्य सारी खिसियाहट को ढक लेता है। "मत भूलिए कि आप एक महान कार्य करने जा रही हैं—औरतें शिक्षित होकर ही समझ पाएँगी कि उन पर कौन से जुल्म ढाए जा रहे हैं।" निर्देशक के सन्देश कानों में गूँजते हैं।

हरिजन टोले की चौपाल पर पहुँचकर अपने फटे आँचल को मसलते हुए उसकी आँखें सिकुड़ जाती हैं, "अरे कुल जमा पाँच जनी? और लोग कहाँ हैं?" आले से रजिस्टर निकालकर खाट पर बैठ जाती है।

"मजूरी पर...।" एक नपा-तुला जवाब आता है।

"लेकिन ऐसे कैसे काम चलेगा, ऐं!" होंठ काटकर और संजीदा होने का अभिनय करते हुए उठकर ब्लैक बोर्ड पर आती है।

"अक्षर और मात्राएँ हमने लिख दी हैं, अब आप में से हर एक यहाँ आकर अपना नाम लिखेंगी—ठीक!"

पर यह नामोल्लेख का सिलसिला चल नहीं पाता।

"इनिसपिट्टर साहेब!" कोई बाहर से सूचना देता है और एक लड़का अपने काले चश्मे के अन्दर से चौपाल में झाँकता है, "यह क्या, सिर्फ पाँच?"

उसकी महटराइन का नकाब ढीला होता है, "आइए बैठिए सर! वो कुछ मजूरी पर चली गई हैं।"

"सरकार इसी के लिए तो पैसा देती है कि आप उन्हें समझा-बुझाकर ले आवें।"

वह कहना चाहती है, "हाँ, सरकार इसी के लिए तो खजाना उलटे दे

रही है।" मगर कह नहीं पाती।

रजिस्टर खोलकर मुआयने की दस्तखत करते हुए रख देता है लड़का, "अपनी के साथ-साथ मेरी नौकरी भी खाओगी तुम!"

"कोशिश तो करती हूँ, पर वे बड़ी हैं, बच्ची नहीं, क्या करूँ?"

"ख़ाक कोशिश करती हैं।" लड़का उसकी रही-सही गरिमा पर धूल उलीचता है, "कल उड़नदस्ता आ रहा है, डिप्टी डायेरक्टर भी रहेंगे। काम की समीक्षा होगी। अगर कल भी उपस्थिति यही रही तो हम दोनों का पत्ता साफ़ समझिए।"

"कहाँ वह तनख़्वाह कब मिलेगी, पैसे बढ़ेंगे भी या नहीं—यह सब पूछनेवाली थी, मगर इंस्पेक्टर उठ खड़ा होता है। नहीं-नहीं, वह पत्ता साफ़ नहीं होने देगी।"

"कुछ सुना आप लोगों ने? कल से सबको आना पड़ेगा और पढ़ाई छोड़कर चूल्हे पर की दाल उतारने जाना या बच्चे को दूध पिलाने जाना सब बन्द।" वह फिर से महटराइन के नकाब को ठीक करने लगती है, पर मन अन्दर-ही-अन्दर आहत है। औरतें आपस में कानाफूसी करती हैं, "अब और लोग नहीं आए तो इसमें महटराइन का, का कसूर? कैसा झाड़ के गया इनिसपिट्टर। पाँच सौ पाता होगा!"

"हियाँ कोई बच्चा तो है नहीं। सबके अपने-अपने काम हैं। पढ़ाई तो सबसे बाद की चीज़ है।" कोई दूसरी आवाज़ आती है।

हुँह चिरौरी-मिनती कर ले आओ, पढ़ाओ, समझाओ और तनख़्वाह सौ रुपये, तिस पर सौ रुपैया लेने के लिए बिलाक (ब्लॉक) जाओ तीन कोस दौड़-दौड़ कर टरेनिंग करो दू-दू कोस। लूट मची है लूट।" वह सहानुभूति की आँच से इस तरह पिघलने लगी है कि अँकवार में लेकर एक-एक से जी भरकर रोये। लेकिन नहीं, बखत नहीं है, अभी उसे अनुपस्थित औरतों को ढूँढ़कर-फुसलाकर लाना है।

"काकी, कौन-कौन कहाँ गई है, जरा बता सकती हो।" वह एक प्रौढ़ महिला से पूछती है।

"शंकर पाँड़े के उसी बड़के गाटे में सब हैं।" वह आँख से इशारा करती है, "जाना चाहती हो तो जाओ, हम हियाँ से हिलेंगे नहीं।"

"शंकर पाँड़े!" उसका रोआँ काँपता है इस नाम से, ऐसे देखेगा जैसे अन्दर तक नंगी होती चली जा रही हो वह। मगर जाना तो पड़ेगा ही।

शुकर है शंकर पाँड़े नहीं हैं और औरतें खेत में ही दोपहर के भोजन पर बैठी हैं। वह यहाँ प्रौढ़ शिक्षिका नहीं, मजूरन-सी गिड़गिड़ा रही है। एक-एक से, "पढ़ लो चाची, पढ़ लो अम्मा, पढ़ लो बहिनी, पढ़ लेने में बहुत फ़ायदा है।"

"अरे तुम इतनी अधीरज काहे हुई जा रही हो महटराइन? दुई-चार दिन की मजूरी है, कमा लें, फिर पढ़ेंगे।"

"सिलाई-कढ़ाई की मशीन आ रही है, तेल फिरी है और भी बहुत कुछ फिर ऐसा मौक़ा नहीं आएगा...कपड़ा भी फिरी बँट सकता है पैसा भी। कल मुआयने के लिए आ रहे हैं साहेब लोग।" वह अन्तिम झूठ का चारा फेंकती है।

"तब सबसे पहले एक साड़ी ख़ुद के लिए ले लेना, इससे तो आर-पार दिखता है महटराइन का!" वह चिहुँक उठती है इस आवाज़ पर। अरे शंकर पाँड़े! एक हँसी का जलजला उठता है और वह झुलसती हुई लौटती है।

घर लौटती है तो जैसे आवाँ धधक रहा है। छोटका का बदन तप रहा है, दवा लाना याद ही नहीं रहा। सास बोलती नहीं। ससुर का मुँह फूला हुआ है। बेटी की आँखें सूजी हुई हैं। शायद मार पड़ी हो। पता नहीं सास ने मारा, ससुर ने मारा या किसी और ने। बकरी जरूर पड़ी होगी किसी के खेत में। छोटके को गोद में लेकर कभी घर की चिन्ता में डूबने लगती है, कभी स्कूल की कल क्या होगा?

सुबह सास-ससुर से झगड़ा कर बेटी और छोटके को साथ लिवाती जाती है। बेटी को छोटके को लेकर डिस्पेंसरी चलने को कहकर हरिजन टोले की ओर मुड़ जाती है। औरतें मजूरी के लिए निकल गईं तो फिर नहीं लौटेंगी।

एक बार फिर वही घिघियाहट, "आज भर मत जाओ काकी, मत जाओ बुआ, रुक जाओ बहिनी।"

टोले-भर की औरतें एक-एक कर इकट्ठा होती हैं, इनमें ज़्यादातर उसकी प्रौढ़ शिष्याएँ हैं। औरतें उसकी इस बदली मन:स्थिति पर उसके प्रति सहानुभूति भरी टीका-टिप्पणी करने लगी हैं, पर आज का स्तर और दिनों से भिन्न है, आज वे दाता हैं और वह भिखारन।

"का जिद पर अड़ी हुई हो महटराइन। पढ़वा-लिखवाकर कोई कलक्टरी-कप्तानी तो दिलवा नहीं दोगी?" एक औरत खीजकर कहती है और उसका घेरा तोड़कर चल पड़ती है।

"मेरी नौकरी का सवाल है, रुक जाओ बुआ।"

"और हमरी नौकरी का सवाल नहीं है बिटिया? सौ रुपल्ली की खातिर तुम सबेरे-सबेरे उतनी दूर से जान देने चली आई, तो हम तीन सौ की खातिर जा रहे हैं तो गलत कर रहे हैं? हम तो कह रहे हैं, तुम भी चलो हमारे साथ।"

"बुआ!" वह रुआँसी हो उठी है।

रुक जाती है औरत, हाथ के इशारे से अन्य औरतों को भी रोक लेती है। आँखों में आँखें डालकर पूछती हैं, "पढ़-लिखकर क्या मिलेगा?"

"कम-से-कम यह तो समझ सकोगी कि तुम पर कौन-कौन से जुल्म ढाए जा रहे हैं। निर्देशक महोदय के शब्दों को भूतनी-सी 'बकरती' है वह।"

"वो तो बिना पढ़े ही हम समझ जाते हैं।"

"कैसे?" वह मरी आवाज़ में पूछती है।

"तुमको देखकर!"

[1990]

महामारी

भुलाए नहीं भूलते वे दिन। किसी चोर काँटे की तरह अन्दर कहीं धँसे पड़े हैं, आघात पाते ही कसक उठते हैं। और वह वैशाख का महीना! उफ़! इसलिए मेरी कोशिश यह रहती है कि वैशाख में गाँव जाना ही नहीं पड़े। लेकिन फ़सलों, आमों, शादियों, महामारियों से लदा हाँफता हुआ वैशाख आता है और हाथ पकड़कर मुझे खींचते हुए ले जाता है।

इस बार भी यही हुआ है। मैं सिवान पर डीहबाबा को प्रणाम करते हुए गाँव की डगर पर हूँ। दोपहरी चिलचिला रही है। झलमला रहे हैं खलिहानों में पड़े अनसिझे डाँठों के बोझ। पूरब के पुरवे का, बीच के पुरवे का, पशुपति बाबा का, सुबरन सिंह का, ख़ुद अपना। डँगराए खड़े हैं गुलैची, अड़हुल और कनेर के पेड़। उदास चौरे पर बुलबुलों की एक-सी कचपचाहट, फूल एक भी नहीं दिखते इनकी फुनगियों पर। अगियार की उड़ती गन्ध है। शंकित-सा आगे बढ़ता हूँ कि ओसारे में खड़ी भाभी टोक देती हैं—

"वहीं रुको तनिक, देवर जी।"

उन्हें दूर से ही प्रणाम करते हुए पूछ बैठता हूँ, "क्यों?"

"शीतला माई का निसार था गाँव में। अम्मा फूल लाने गई हैं उस गाँव से, धार दी जाएगी तुम्हें।"

मेरे सामान पर छीना-झपटी करनेवाले बच्चे नहीं दिखते कहीं, पूछता हूँ, "टुन्नू, चिनकी और राधे कहाँ हैं?"

"सब छोहरी (चेचक की महामारी में बच्चों को दिया जानेवाला एक भोज) खाने गए हैं।"

"कहाँ?" "रंगई-बहू के यहाँ?" कसक उठता है चोर काँटा।

"नहीं, सुक्खू-बहू के यहाँ। रंगई-बहू को तो ले गई शीतला माई सात दिनों पहले।"

"उफ़!" अन्दर एक इतिहास के पटाक्षेप पर अव्यक्त रिक्तता में मन अनमना हो उठता है। मैं इस एहसास पर काबू पाने की गरज से सन्दर्भ बदलता हूँ, "और दादा...?"

भाभी हँसने लगती हैं, "मत पूछो बाबा को। पता नहीं रंगई-बहू को कब दिया, कितना दिया। कहते हैं, तीन सौ पावने थे। औरों की तरह बाबा ने भी सारा घर छान मारा रंगई-बहू का। मिली तो क्या, बिल्ली की सूखी खेढ़ियाँ (गर्भ के फूल)!"

मुझे याद आता है टोना-टोटका के लिए रंगई-बहू दादा के पास अक्सर आया करती। दादा झाड़-फूँक के साथ उसे बिल्ली की खेढ़ियाँ हासिल करने का टोटका भी बताया करते। मेरे सा़मने ही उन्होंने बताया था कि किस तरह बिल्ली की खेढ़ी घर में रखकर ही रामसूरत सिंह लखपति बन गए थे, और विसेसर मिसिर की बाँझ औरत को लड़का हुआ था।

तब से रंगई-बहू बिल्लियों की टोह में रहती। अगवारे-पिछवाड़े झौंगई झाल-झप्पड़ में उसकी आँखें काली, चितकबरी, भूरी बिल्लियों को देखकर दप से जल उठतीं। जैसे ही किसी के गाभिन होने का आभास होता उन्हें दूध-रोटी दे-देकर परकाया करती। गाभिन बिल्ली के दिन गिने जाते। भाग्य जगाने की कोशिश में कई-कई खेढ़ियाँ जमा हो चली थीं उसके पास। बरसात के दिनों में छप्पर चूने से ये खेढ़ियाँ भीगकर बदबू देने लगतीं तो

पड़ोस की सुक्खू-बहू से पूत-भतार की कसकर गालियों का युद्ध चलता। मगर जैसे ही माता की महामारी फैलती, सुक्खू-बहू और रंगई-बहू आपस का बैर भूल जातीं और गाँव की अन्य औरतों के साथ पचरा (देवी-पूजन का लोक-गीत) गाते हुए चल पड़तीं, इस बड़के चौरे पर जल चढ़ाने और अगियार करने।

मेरी नज़र दूर-दूर तक बलखाती पगडंडी की वीरानी का अनुसरण करती है। काँपते हुए फूस और खपरैल के घरौंदों से लगता है, भटकी हुई आत्माओं की तरह औरत का गुट जल चढ़ाने बढ़ा आ रहा है, पचरा गाता हुआ...

निमिया की डारी देबी डारईं हिंडोलवा कि झुलि झुलि ना...

लेकिन इस पूजा-अर्चना के बावजूद महामारी बढ़ती ही चली जाती और पचरा के गीतों और पंडित जी के पाठ की तरंगों पर डूबता-उतराता रहता हमारा गाँव। लंगड़ पंडित जी के ऊपर देवी-पाठ का इतना ज़्यादा बोझ आ जाता कि उनकी मदद के लिए उन्हें अपने साले तक को बुलाना पड़ता। उनके आने से गाँव का मंगल हो या न हो, ऊबन ज़रूर कम हो जाती। दादा समेत सभी बड़ों के वे साले बनकर फूहड़ गालियों, ठिठोलियों के केन्द्र हो जाते। गाँव में आख़िरी आदमी को 'चन्दन छुआ जाता' तो पक्की पूजा के बाद वे मोटी गठरी बाँधकर विदा होते। तब छोहरी खिलाने का सिलसिला चल पड़ता और गाँव के अन्य बच्चों की तरह हम भाई-बहन लोटा-गिलास ठनकाते हुए छोहरी खाने के लिए कमर कसकर तैयार हो जाते। माँ के लिए वे बड़ी राहत के दिन होते, अन्न-पानी का जुगाड़ करने के लिए दादा को कोसना नहीं पड़ता।

अपने गाँव पर खीज भी आती है, तरस भी। मुझे नहीं याद आता कि दो-चार सम्पन्न गृहस्थों को छोड़कर किसी के यहाँ भी दोनों जून भोजन

बनता। आम हमारा सबसे बड़ा सहारा बनता। चटनी या पके आमों के रस से सूखी रोटियाँ हम पेट के हवाले कर लेते। बाद में गुठलियों के ढूह भी हमारे काम में आ जाते। मौसम बीत जाने पर अमावट संचित धन की तरह गाढ़े वक़्त जलपान के काम आता। सब्ज़ी में यदि आलू को छोड़ दें, जिस पर हम तीन महीने गुज़ारा करते, तो सब्ज़ी खाना हमारे लिए विलासिता थी। तेल के ख़र्च को देखते हुए महँगू काका को बुलवाकर हममें से अधिकांश मुंडन करवा लिया करते। बूढ़ियाँ, प्रौढ़ाएँ और नौ-नौ साल की बच्चियाँ तक अपने बाल कतरवाकर या मुंडन करवाकर अजीब-सी शक्ल धारण किये डोलतीं। तेल की किल्लत गई सो तो गई हाँ, सिर का बोझ भी हल्का हुआ और जूओं से राहत मिली सो अलग।

अगर गाँव में मातामाई अक्सर न आतीं, तो सम्भव था, हमारी इस व्यवस्था में कोई परिवर्तन न होता। उस बार उड़ती-उड़ती ख़बर आई ही थी कि हमारे गाँव की औरतें अभुवाने लगीं। गाँव में मातामाई का आगमन हुआ तो तेल, हल्दी, चटक कपड़ा, साबुन, दाढ़ी, हजामत, दँवनी, जाँत, छानना-छौंकना सब बन्द।

अक्सर वह चैत का उत्तरार्द्ध होता और पूरा गाँव उपवास-पूजा में लगा रहता। भोजन के नाम पर दोपहर को फाँका और रात को टिमटिमाते दीये की लौ में हमारे सामने बिना तेल-मसाले की पनीली दाल, मकई का भात या फिर मकई और चोकर की रोटियाँ आते ही खाना हमें खाने को दौड़ता।

मातामाई के आगमन से हमारे गाँव की स्थिति बाढ़ में फँसे गाँव की तरह हो जाती। अतिथि भी गाँव की चौहद्दी से ही मत्था टेककर चले जाते। न कोई चिट्ठी, न चौपाती!

वे दुःस्वप्नों भरी रातें मुझे याद हैं जब घुटी-घुटी सिसकियाँ लाख दबाने पर भी न दबतीं। स्यापा करके रोने की मनाही थी। बिस्तरों पर पड़े-पड़े हम अनुमान लगाया करते कि आज कौन चल बसा।

और फिर मातामाई के जाते ही कच्ची और पक्की पूजा दी जाती। हमारे छोहरी खाने के दिन लौट आते। गाँववाले गाँव-गाँव छोहरी खिलाने के लिए मनौतियों के मुताबिक भीख माँग लाते या फिर अपने ही घर से इन्तज़ाम करने को जुट जाते।

उस साल देवी जाते-जाते लौट आई थीं हमारे घर में 'असवारी उतरी छोटे भाई पर।' पहले तेज़ बुख़ार, फिर लाल चकोटे, जो गोटों में तब्दील हो गए।

माँ बैन करने लगी, हमें तभी मालूम हुआ कि मन-ही-मन उन्होंने छोहरी खिलाने की मनौती मानी थी जिसे अभी तक पूरी नहीं कर सकी थीं।...और एक बार फिर पचरे और देवी पाठ का दौर। भाई की तकलीफ़ देखकर माँ हाथ जोड़कर विनती करने लगीं—

"सब तुम्हारी महिमा है, माँ! हम तो तुम्हारी ही सन्तान हैं।"

भाई नीम के खिले फूलों को नोचता रहा।

पिताजी के आते ही माँ सन्तोष और राहत में बोल उठीं, "देवी खेल रही हैं।" भाई जैसे ही तनिक अनमना हुआ, माँ को फिकर हो आई, पूछ बैठीं, "कोई चूक हुई, महारानी?"

भाई रोने लगा, "माँ, मुझे महारानी क्यों कहती हो?"

बड़ी गहमागहमी मची। देवी रुष्ट हो गई, अब क्या किया जाए? सात दिन और सात रात पाठ चलता रहा। विन्ध्याचल की देवी की मनौतियाँ मानी गईं, जिन्हें पूरा करने में हमारा सबसे उपजाऊ टेढ़िया खेत बन्धक रखना पड़ा, जिसे हम कभी छुड़ा नहीं पाए। भाई की एक आँख देवी माँ की भेंट हो गई। और वह नीम, दूब, हल्दी और सरसों के तेल की उबटन लगाकर घूमने लगा।

भाई को देखने इक्के-दुक्के गाँववाले आते रहते। इसी बीच एक दिन गुरुदीन आया। भेंट या चढ़ावे में थे अड़हुल के फूल और पपीते का पका

फल। एकाएक जाने क्या हुआ, वह पचरा गाने और झूलने लगा और देखते-ही-देखते उस पर मातामाई सवार हो गईं। रंगई-बहू को ख़बर मिली तो वह भागती हुई आई और सिजदा करने लगी, "हम तुमसे बड़े थोड़े ही हैं, माँ! कोई भूल-चूक हो गई हो तो छिमा करना!" छोहरी खिलाने की मनौती मानने पर ही गुरुदीन उनकी पकड़ से छूट सका। हाथ जोड़, पास-पड़ोस के लोग वहाँ अपने-अपने बाल-बच्चे, फ़सल, मवेशियों के लिए प्रार्थना करते रहे।

रंगई-बहू छोहरी की कल्पना में डूबी फटी-फटी आँख लिये गुरुदीन का लड़खड़ाते हुए जाना देखती रही।

गुरुदीन उसका तीसरा पति था। रंगई मरा तो मोहन ने उसे बैठा लिया था। मोहन का तपेदिक भी हमारे दादा की तमाम झाड़-फूँक के बावजूद अच्छा नहीं हुआ तो अब आया गुरुदीन नदी पार से।

रंगई-बहू ने कितनों की बाँह पकड़ी हो, कहलाई रंगई-बहू ही। उसके दस बिस्से खेत पर कितने चले आते थे मरने, लेकिन रंगई-बहू अपने और अपनी जमीन पर का अधिकार केवल एक शर्त पर देती—बाँह थाम लो, सब कुछ तुम्हारा ही है। इसलिए जब गुरुदीन आया तो गाँव के लोग कुरमुराए।

एक बच्ची वह अपनी पिछली पत्नी से लाया था। उसके आने के बाद रंगई-बहू को दो सन्तानें और हुईं। मोहन ने भी यही किया था। इस तरह पतियों की पिछली सन्ततियों की सौगात और उनसे पैदा हुई नई सन्तानों से घर में बच्चे-ही-बच्चे हो गए थे। ग़ुस्से में गुरुदीन रंगई-बहू की पुरानी सन्तानों को पिल्ले-पिल्ली कहता और रंगई-बहू उसकी तीन सन्तानों को छौने (सूअर के बच्चे)। अक्सर पोखर के कीचड़ में सने हुए बच्चे मछलियाँ पकड़ा करते और बाग में पत्तियाँ जलाकर उन्हें भूनकर खाया करते। कभी डंडे लेकर रंगई-बहू उन्हें ढूँढ़ते आती तो वे भूतों-सा भागते।

...दूसरे दिन रंगई-बहू हमारे घर छोहरी खाने का निमंत्रण देने आई थी।

अपने गाँव के कितने ही लोगों के अँधेरे-से-अँधेरे की इस मौन यात्रा का सहभागी बना आज इस मोड़ पर आकर खड़ा हूँ, मगर उस दिन का सत्तू और गुड़ का घोल पीने के लिए उसके दरवाज़े पर वह मारा-मारी और ठेलम-ठेली-सी दहशत देती है। गुरुदीन और रंगई-बहू की तो आत्मा ही तृप्त हो गई, "देवी की छोहरियाँ कितनी प्रसन्न होकर खेल और खा रही हैं।" हमारी अँजुरी में जौ भर-भरकर लड़कियों के माथे पर और हमारी बाँहों पर सिन्दूर का टीका देकर वह हमारे पाँव पड़ती जाती और हम उसके फैलाए आँचल में अँजुरी का जौ डालते जाते। कुछ बच्चे हँस रहे थे और दो-एक सकपकाए-से उसकी इस लीला को उल्लुओं की तरह आँखें फाड़कर देख रहे थे।

इस घटना को चन्द ही दिन बीते थे कि माँ ने कहा, "कल रंगई-बहू के यहाँ जाकर एक पपीता माँग ला।" मैंने विनिमय के लिए अनाज माँगा तो वे आँखें तरेरने लगीं, "कैसा गँवार लड़का है! हमने अपने बच्चे को सेंत-मेंत छोहरी खाने को भेजा था! कौन है जो पाप ओढ़ता उस 'भतार-खउनी' का?"

दूसरे दिन सुबह जब माँ का फ़रमान लिये रंगई-बहू के घर पहुँचा तो एक साथ आठ-दस बच्चों को खाते देखकर भ्रम हुआ, "क्या आज भी छोहरी है?"

"छोहरी नहीं, छौने हैं, छौने, सूअर के छौने।" रंगई-बहू पूछते ही चिड़चिड़ा उठी थी। "इत्ते सारे...?" मेरी आँखें फैल गईं।

"अब कोई मरता नहीं तो क्या करूँ...यही तो कमाया है मैंने।"

मैंने देखा चितकबरी मक्के की सूखी मोटी रोटी के टुकड़े और बसाती बासी दाल लिये बैठी थी नंग-धड़ंग बच्चों की टोली।

मक्खियाँ भिनभिना रही थीं। कभी-कभी सर्रऽऽ की आवाज़ होती तो समझना मुश्किल हो जाता है कि दाल सुड़की जा रही है या बहती

नाक। ओसारे में एक छह साल की बच्ची सबसे अलग बैठी दाल की मक्खियाँ निकाल-निकालकर बग़ल छिड़क रही थी। रंगई-बहू आकर रुकी, उसके पास तो उसका मासूम चेहरा जर्द हो गया। मुझे याद आया, छोहरी के दिन भी रंगई-बहू ने जैसे ही उसके पाँव छुए थे, वह भय से सकपका गई थी।

"अरी वो नदी पार वाले की ढेरिया, (चन्नन) ही छिड़कती रहेगी कि काम-धन्धा भी देखेगी खाकर!" छह साल की बच्ची और काम-धन्धा! रंगई-बहू की सटकारती आवाज़ पर तत्परता दिखाने की गरज से उसने बची हुई चमड़े जैसी रोटी को एक साथ ही मुँह में डाल लिया और चुभलाकर गटकने की गरज से बसाती दाल पी ली। इसके साथ ही उसका चेहरा बर्फ-सा हो गया। लगा उसने कोई ज़हर पी लिया हो। दूसरे ही क्षण 'ओ-ओ' करके उसने उल्टी कर दी। बच्ची इस अपराध के लिए क़तई तैयार न थी, हतबुद्ध-सी पनीली कातर आँखों से लगी रंगई-बहू को देखने।

रंगई-बहू ऐसी स्थिति में एक बार तो अचकचाई, फिर खिसियाई हुई पीछे से लगी तड़ातड़ पीटने बच्ची को, "कैसे-कैसे जुगाड़ कर लाती हूँ दाना-दाना!...और धामिन ने सब उगल दिया! अभी से रट लगाएगी भूख-भूख तो क्या लाकर दूँगी...? बाप का कलेजा या अपना!" अन्तिम बात कहते-कहते उसकी आवाज़ रुआँसी होकर भर्रा गई।

मैंने देखा, वह बच्ची जल्दी-जल्दी काछकर रखने लगी थी उल्टी को वापस कटोरे में, उसे फिर खाने के लिए। मैं एकबारगी काँप उठा। वे मटियाले घरौंदे, वे लोग वे बच्चे, पता नहीं, अब कहाँ हैं! किस लोक में? मुझे लगता है, बीस साल से मैं उसी जगह खड़ा हूँ—जैसा का तैसा उस थर्राने वाले दृश्य को देखते हुए।

उस वीरान मकान की ओर मेरी नज़रें फिर उठती हैं, तो देखता हूँ पगडंडी पर भूतों की वही क़तार काँपती चली आ रही है मेरी ओर। सबसे

आगे छोहरी खाकर वापस दौड़ते हुए आ रहे हैं मेरे बचपन की परछाइयों की तरह बच्चे। उनके पीछे-पीछे मुझे धार देने के लिए अड़हुल के फूल लिये हुए पगडंडी पर परम्परा की तरह रेंगती आ रही हैं माँ। और सबसे पीछे धोती और मेरी छोड़ी टेरीकॉट की क़मीज़ में अपाहिज गाँव की तरह लाठी टेकते आ रहे हैं दढ़ियल दादा।

[रचनाकाल-1985, प्रकाशन वर्ष-1987]

रामलीला

मेरी इस कहानी को पढ़ने के बाद बेशक आप मेरे गाँव अहमदपुरा को 'अहमक पुरा' कहने लगें, मुझे इसका मलाल नहीं होगा। यह भी हो सकता है कि आप इसे पूरी-की-पूरी मनगढ़न्त मानकर ख़ारिज कर दें। मुझे इसका मलाल भी नहीं होगा। मुझे ख़ुद इस कहानी पर हैरानी है कि वक़्त रहते मुझे इसके चक्रव्यूह से बाहर निकल आना चाहिए था। मगर मैं न कर सका, मुझ पर भरत का भूत जो सवार था। एक ख़ुशबू के नशे की तरह छाई हुई है मेरे चारों तरफ़ यह रामलीला। यक़ीन न हो तो अहमदपुरा ख़ुद हो आइए एक बार।

तब आज की तरह अहमदपुरा में हिन्दुओं की इतनी आबादी न थी। मुस्लिम बहुल आबादी का गाँव हुआ करता था अहमदपुरा—दो-तिहाई मुसलमान, एक-तिहाई हिन्दू। कुछ बड़ा हुआ तो पता चला कि जात-पाँत और धर्म-मज़हब की पहचान के बिना इनसान की कोई मुकम्मिल पहचान नहीं होती। मगर अहमदपुरा यहाँ भी अहमक। पूछने पर बड़े-बुज़ुर्ग हँस देते—

जात अहमद की कोई क्या जाने,
या अली जाने या ख़ुदा जाने।

कोई करेगा इस बात पर यक़ीन? कुछ देर के लिए यक़ीन कर भी ले तो इस बात पर तो शायद ही यक़ीन करेगा कि यहाँ के मुसलमान रामलीला भी खेला करते धूप-दीप के अनुष्ठानिक अन्दाज़ में—बेशक अपने अन्दाज़ में। यक़ीन आए भी तो कैसे, रामलीला के बन्द हुए भी, नहीं-नहीं तो बीस-एक साल हो चुके। अब्बास और अलताफ़ जिन दो भाइयों पर रामलीला टिकी हुई थी, उनका भी वर्षों से अता-पता नहीं। 'राम' और 'भरत' के किरदार वही निभाते। पुकारने का नाम भी धीरे-धीरे अब्बास अलताफ़ से बदलकर 'राम' और 'भरत' या 'बड़कू' और 'छोटकू' हो गया। उनके अब्बा सादिक हुसैन मेरे पड़ोसी हुआ करते। हुसैन साहब और बहुतेरे मुसलमानों की नज़र में हम हुसैनी ब्राह्मणों के ख़ानदान से आते थे—हिन्दुओं का वह कुनबा जिसने कर्बला के दौरान इमाम हुसेन को बचाने के लिए अपने सात बेटों की क़ुर्बानी दी थी। मुझे इस बात पर कभी यक़ीन न रहा। ऐसे कितने मिथ बुने और उधेड़े जाते रहते हैं हर धर्म-सम्प्रदाय में। छोटकू के लिए अवध सीमातीत था और रामलीला भी। हम हिन्दुओं द्वारा अमूमन खेली जानेवाली रामलीला से अलग थी किंचित् यह रामलीला। यह रामलीला हमारे गाँव में कब से चल रही है, या वक़्त-वक़्त पर इसमें क्या-क्या तब्दीलियाँ होती रहीं, उसका हमें ठीक-ठीक पता नहीं, जैसे हमें यह पता नहीं कि हमारे, यानी हिन्दुओं के नाम राम शुभान और राम इक़बाल और मुसलमानों में भोला मियाँ कब से होने लगे।

ताज़िया पर हम साथ-साथ होते 'हाय हसन, हाय हुसैन' कहकर साथ-साथ छाती पीट-पीट रोते और मर्सिया गाते—

वह गर्मियों के दिन, वह पहाड़ों की राहें सख़्त,
पानी न मंज़िलों, न कहीं साया ए दरख़्त,

चिल्लाती है सक़ीना कि अच्छा मेरे चचा,
महमिल में घुट गई मुझे गोदी तो लो ज़रा...

और जब मैं इमाम हुसैन की निर्मम हत्या को अभिनय-गायन से साकार कर रहा होता—

गिरकर कभी उठे, कभी रखा ज़मीं पे सर
उगला कभी लहू तो सँभाला कभी जिगर।
हसरत से की खियाम की जानिब, कभी नज़र,
करवट कभी तड़प के कभी ली, कभी उधर
उठ बैठे तो ज़ख़्मों से बरछी के फल गिरे,
तीर और तन में गड़ गए जब मुँह के बल गिरे।

चाची (सादिक की पत्नी) के साथ मेरी माँ और दूसरी औरतें भी ज़ार-ज़ार रोतीं। इसी तरह माई जब बारिश की झड़ी के बीच यह भजन गाती—

सन-सन सन सन हवा चलत है, पवन बहे पुरवाई,
कौन बिरिछ तर भीजत होइहैं राम लखन दुनो भाई...

तो चाची समेत सभी औरतें रोने लगतीं।

उन दिनों राम और भरत तो बड़कू, छोटकू (अब्बास, अलताफ़) बनते मगर शक्लो-सूरत, यकसां होने के नाते लक्ष्मण बनता मैं। दूर-दूर के गाँवों से लोग 'भरत मिलाप' देखने आते। हमने न सिर्फ़ रामकथा में बाज़ मौक़ों पर फौरी तब्दीलियाँ की थीं, बल्कि रामलीला के बाद 'कर्बला' के नाटक में भी, जैसे यजीद की जगह कभी रावण, कभी हिटलर, पार्श्व संगीत भी कहीं का उठाकर कहीं, जैसे यहाँ—"जानि न जाइ निशाचर माया।"

हमारे जन्म से पहले पार्टीशन की आँधी आई। पहले झोंके में न जाने क्या सोचकर अहमदपुरा के भी तीस-एक परिवार उस पार गए, जिसमें बीस-एक तो बॉर्डर से ही रो-गाकर आगे-पीछे लौट आए—"हमसे नहीं होगा।" जो पाकिस्तान गए, उनमें भी कुछ लोग लौटना चाहते थे, मगर आख़िर-आख़िर तक न हो सका। कुछ एक तो बलवाइयों के शिकार होकर न इधर के हो पाए, न उधर के। हमने देखा नहीं मगर फिर भी सुनते हैं, कुछ लोग पाकिस्तान चले गए, सादिक चचा का परिवार नहीं गया। बाबरी मस्जिद टूटी, सादिक चचा का परिवार नहीं गया। छोटे-बड़े अनेक बवंडर आए, अहमदपुरा झेल गया। रामलीलाएँ चलती रहीं। उन्हें या उन जैसे दूसरे मुस्लिम परिवारों को कभी डर नहीं लगा। वजह...? रामलीला! कहते, वे हमारा नुक़सान नहीं कर सकते, हमारे पास उनके राम-भरत हैं।

गाँव के पुजारी भी कहते अवध माने अयोध्या अर्थात् जहाँ युद्ध नहीं हो सकता, सो अहमदपुरा श्मशान भूमि नहीं बन सकता। पर हमें लगता, श्मशान न सही त्याग और वैराग्य की भूमि तो है ही। छोटू के पास इस अवधारणा के पीछे कई वज़नी तर्क थे। इनमें सबसे बड़ा था जोगियों की बस्ती। यह भी क्या संयोग है कि अहमदपुरा की नहर के किनारे-किनारे जोगियों की बस्ती बसी हुई है। जगह-जगह भटकते इन यायावरों को बसने के लिए उससे माकूल जगह और नहीं भायी। लोग इन्हें कहते तो मुसलमान मगर ये ख़ुद को गुरु गोरखनाथ या माया मछन्दर का शिष्य बताते। शायद इनके गुरु साम्प्रदायिकता से दूर कुछ ज़्यादा ही सेक्युलर रहे होंगे। गृहस्थ थे बाल-बच्चेदार, मगर गेरुए पहनते। हर एक के पास एक अदद सारंगी होती जिसे बजा-बजाकर, भजन गा-गाकर भीख माँगते। भीख भी क्या—गुदड़ी! एक पुरानी साड़ी या धोती। गोरखनाथ और मछन्दरनाथ के अलावा आजमगढ़ के बाबा भैरों नाथ, मगहर और काशी के बाबा कबीरदास, बंगाल के जोगी गोपीनाथ और उज्जैन का अपना राजपाट त्यागकर योगी

बने भर्तृहरि या भरथरी। इनकी भाषा अवधी में भोजपुरी का पुट लिये हुए होती और वैराग्य घोलती रहती—

केहू ना चीन्ही गोपीचन्द केहू ना चीन्ही,
भाई ना चीन्ही बहिना ना चीन्ही,
जोगी क सुरतिया नाहीं बिरना
बहिनिया ना चीन्ही...

सम्भवत: ये ग़रीबों के भजन थे अथवा अवध और पूर्वी उत्तर प्रदेश के दारिद्र्य के दिग्दर्शन! जोगी अपनी माँ से गुदड़ी माँगने गया है मगर माँ के पास अपने जोगी बेटे को अपनी फटी गुदड़ी के सिवा देने को कुछ नहीं है—

अरे एतना बचनिया हो माई भर-भर रोवें
फटही गुदरिया हो माई झरि-झरि रोवें

किस कारण बेटा बना जोगी, माई ने जनम तो दिया, करम क्यों नहीं दिया?

वैराग्य की दारुण विडम्बना राजा भरथरी में होती। जोगी बनकर 'पत्नी' को ही 'माँ' कहकर जब तक उनसे गुदड़ी की भीख न ला पाते, उनकी साधना पूरी न होती।

हम आपस में इस विषय पर घंटों चर्चा करते। ख़ुद को इतना डी-क्लास करना, इतना कि 'पत्नी' भी 'माँ' लगने लगे, जीवन और यौवन की जरा भी आसक्ति नहीं। विस्थापन का दर्द झेलते-झेलते सभी बैरागी हो गए। गोरखनाथ गोपीचन्द ही नहीं, भर्तृहरि जैसे राजा और राम जैसे युवराज भी। छोटकू या भरत त्याग और वैराग्य की इन बातों पर ऐसे बहस करता जैसे इस कड़ी में अगला नाम उसी का जुड़ने जा रहा है। मैं छोटकू से कभी भी

सहमत न हो पाता। मेरे ख़याल से यह सीधे-सीधे 'इस्केप' था। वह हँसता, "वाक़ई तुम लक्ष्मण हो।"

गाँव में चकबन्दी शुरू हो गई तो पहली बार कुछ नये चेहरे अहमदपुरा में नज़र आए। अपना चक दूर ऊसर में लेकर और कुछ यूँ ही किसी दूसरे अज्ञात भय या लोभ से अपनी ज़मीनें औने-पौने दामों में बेचकर किन्हीं दूसरे मुस्लिम मोहल्लों में चले गए। उनकी जगह हिन्दू परिवार आकर बसे। फिर मन्दिर बने। मस्जिद की तर्ज पर चोग़े फिट हुए। हमारे लिए दिक़्क़त तब शुरू हुई जब क़ब्रिस्तान के अगल-बग़ल भी चकबन्दी में हिन्दुओं की ज़मीनें निकल आईं।

हमें अपने बचपन का क़ब्रिस्तान याद है। इसकी ईंट की चौहद्दी के अन्दर बीच में क़ब्रें थीं और किनारे-किनारे नीम, ढेरा और क़िस्म-क़िस्म के पेड़। वसन्त में कचनार और गर्मियों में गुलमोहर, अमलतास, बरसात में कदम्ब के फूलों की छटा देखते ही बनती। बग़ल से रास्ता था जिसे हम जल्दी-जल्दी पार करते। हमें बताया गया था कि क़ब्रिस्तान में रूहें होती हैं, जिन्नात का पहरा होता है। कितनी-कितनी दास्तानें! वह डर दूर किया सादिक चचा ने। कहा, "तुम्हें जिन्नात कभी परेशान नहीं कर सकते।"

"वजह?"

"रामलीला।"

फिर कहा, "डर लगे तो 'या अली', 'या बजरंग बली' कहो, डर भाग जाएगा।" और वाक़ई डर भाग जाता।

चाची का इन्तक़ाल हुआ तो पूरा अहमदपुरा उलट पड़ा। लेकिन वहीं विवाद हो गया। नये-नये बसे रघुराज सिंह ने मैयत को क़ब्रिस्तान में दफ़न होने से रोक दिया। यह पहला मौक़ा था कि कोई लाश क़ब्रिस्तान के फाटक पर पड़ी रही। वजह? जाने कैसे उनकी ज़मीन चकबन्दी में क़ब्रिस्तान के अन्दर तक घुस आई थी। लोगों ने कई तरह से उन्हें मनाने

की कोशिश की मगर वे टस से मस न हुए "लेंगे तो वहीं, नहीं तो कोर्ट जाएँगे।" पूरे दो दिन, दो रात चाची की मैयत क़ब्रिस्तान के फाटक पर लावारिस की तरह पड़ी रही। नहीं, लावारिस नहीं, मैयत के इस ओर और उस ओर भिनभिनाती और उमड़ती रही भीड़। दोनों धर्मों के मान्यवर लोग आए, नेता आए, एस. डी. एम. आए, ज़िलाधीश आए, एस. पी. आए, और भी कितने हाकिम-हुक्काम आते रहे, जाते रहे। पुलिस के जवानों ने घेर लिया क़ब्रिस्तान को, गाँव के नाके-नाके पर, मन्दिर और मस्जिद पर भी सिपाही खड़े हो गए। रघुराज सिंह के लोग उधर थे, सादिक चचा के समर्थक इधर। सारा समझाना-बुझाना बेकार सिद्ध हो रहा था। किसी की समझ में नहीं आ रहा था कि क्या किया जाए। अलबत्ता बीच-बीच में कोई सन्देशवाहक इधर से उधर या उधर से इधर आता-जाता दिख जाता जैसे युद्धभूमि में कोई योद्धा घोड़ा दौड़ाता आ-जा रहा होता। मैं बर्फ़ की सिल्लियाँ ला-लाकर रखता रहा पर माहौल की बर्फ़ थी कि पिघल नहीं रही थी। पूरा अहमदपुरा किसी बारूद के ढेर पर खड़ा था मानो। कभी भी फट सकता था। किरचें उड़कर कहाँ-कहाँ तक जातीं, पता नहीं। आख़िर मेरे बाबूजी और सादिक चचा में सलाह-मशविरा हुआ। राम, भरत और लक्ष्मण यानी अब्बास, अलताफ़ और मुझे भी शामिल किया गया और मैयत को हमने कन्धे पर उठा लिया। चाची को उनके अपने आँगन में मिट्टी देना तय हुआ। क़ब्र खोदने से पहले सादिक चचा ने हाथ उठाकर भर्राए गले से पूछा, "गाँववालो, ज़िले-जवारवालो, यहाँ तो किसी की ज़मीन नहीं निकलती?" भीड़ को जैसे साँप सूँघ गया, कोई जवाब नहीं।

"है तो बता देना।" सारे सिर झुके रह गए। कब्र भरी जा रही थी। मिट्टी झर रही थी और उसके साथ झर रहे थे शब्द—

"कोई चोट उतनी नहीं होती जितनी बग़ली घूँसों की, कोई भी साँप इतना कातिल नहीं होता जितना आस्तीन का। कोई भी कान इतना तेज़ नहीं होता,

जितना दीवार का और कोई दुश्मन इतना ख़ौफ़नाक नहीं होता जितनी दगा।

"इज़्ज़त की मौत बेइज़्ज़ती की ज़िन्दगी से कहीं बेहतर है।"

मैं चौंका अरे ये तो प्रेमचन्द के कर्बला ड्रामा के हुसैन के डायलॉग्स हैं। सादिक चचा ही हुसैन का रोल निभाने का रिहर्सल करते। आज वे मौन थे, और शब्द मुखर।

क़ब्र में सिर्फ़ चाची ही दफ़न नहीं हुई, बहुत कुछ दफ़न हो गया। वे हिन्दू लड़के जो मुस्लिम लड़कियों से प्रेम करते थे और मुस्लिम लड़के जो हिन्दू लड़कियों से मन-ही-मन प्रेम करते थे, उन सारे मकड़जालों को किन्हीं बेरहम हाथों ने पोंछ दिया था। मैं सादिक चचा की बेटी कुलसुम को मन-ही-मन चाहने लगा था, और अलताफ़ भी मेरी बहन सरस्वती को। एक झटके से वे तन्तु टूट गए। पहले ही कहा, सादिक चचा और दूसरे मुसलमान हमें मन-ही-मन हुसैनी ब्राह्मण समझने लगे थे, जिन्होंने कर्बला में इमाम हुसैन की जान बचाने के लिए अपने सात बेटों की क़ुर्बानी दी होगी, यह तन्तु भी। एक ही रात में कितना कुछ उलट-पलट गया।

अगले महीने का कोई मनहूस-सा दिन था। मैं सिविल सर्विसेज़ की परीक्षा देने इलाहाबाद गया हुआ था। लौटा तो देखा सादिक चचा के दरवाज़े पर ताला झूल रहा था। पता चला, सादिक चचा पाकिस्तान चले गए। हठात् पाकिस्तान? माँ ने आँसू पोंछते हुए बताया, "अब इतनी जिल्लत पर कोई ख़ुद्दार आदमी इस गाँव में कैसे रुकता?"

"क्या पूरा परिवार भी?"

"सिर्फ़ छोटकू को छोड़कर!" माँ ने गला साफ़ किया और कहा, "माँ को छोड़कर भला वह कैसे जा सकता है यहाँ से?" बहुत ही तरह से बाप ने समझाया, भाई ने समझाया, बहिन ने तो क़सम तक दिला दी लेकिन उसका एक 'ना', हज़ार 'ना!'

"क्या कुलसुम भी?" मैंने डरते-डरते पूछा।

"कहा न, एक छोटकू को छोड़कर सभी!"

मेरे अन्दर कुछ झन्न-सा टूटा। हतबुद्ध-सा खड़ा रहा फिर बोला, "छोटकू है कहाँ?"

"सुरसत्ती को इम्तहान दिलाने फ़ैज़ाबाद गया है।"

खाना-वाना जैसे-तैसे ठूँग टाँगकर मैं खाट पर लेटा तो माँ सामने आकर खड़ी हो गईं। लगा, कुछ बोलना चाहती हैं। मैंने उन्हें सवालिया निगाह से घूरा, "बाबूजी कहाँ गए हैं?"

"वे भी सुरसत्ती और छोटकू के साथ ही गए।" तनिक रुकीं फिर बोलीं, "आजकल किसी पर भरोसा नहीं बेटा। सोचते हैं, हम लोग भी यहाँ का सब कुछ बेच-बाचकर शहर चले जाएँगे।"

मैं सन्न! यह क्या कह रही थी माँ! छोटकू पर भी भरोसा नहीं, उस छोटकू पर जिस पर वे मुझसे ज़्यादा भरोसा करती आई थीं!

"खाना-वाना कहाँ खाता है?"

"तब से तो यहीं। अब सोचते हैं, अपना कोई अलग इन्तज़ाम देखे, घर में जवान बेटी है। पचास तरह के लोग पचास तरह की बातें करते हैं। ये देखो, रामलीला वाली डायरी भी यहीं छोड़ गया है।"

मैं यूँ ही पन्ने पलटने लगा, पहले ही नज़र गई शूर्पणखा के संवाद पर—

भाई दो लड़के रामलखन इस दंडक वन में आए हैं,
और संग में एक सीता नामी सुकुमारी नारी लाए हैं।
बाँके हैं और लड़ाके हैं, गोया शमशीर उन्हीं की हो,
यूँ पंचवटी में रहते हैं जैसे जागीर उन्हीं की हो।

ख़याल आया, मुमताज रामलीला में शूर्पणखा और कर्बला में नसीमा भी बनता और यजीद के दरबार की नाचनेवाली नरगिस भी। शूर्पणखा की नाक कटती तो नीचे भिलभिला रहे बच्चों पर कटी नाक छिड़ककर फेंकता,

पके टमाटर से नकली नाक बनती जो मेरे खेतों से तोड़े जाते।

'कर्बला' का एक और गीत दर्ज था—

सबे वस्ल वह रूठ जाना किसी का
वह रूठे को अपने मनाना किसी का।

याद आया इसे रावण दरबार के नृत्य-गीत के रूप में फिट करने की योजना थी पर यह योजना फ़िलवक़्त तो ऊँट को अटारी पर चढ़ाने जैसी दु:साध्य ही सिद्ध हो रही थी। ऐसे कई ऊँट पाल रखे थे छोटकू ने, जो अटारी पर चढ़ाए जाने की अपनी बारी का इन्तज़ार कर रहे थे। इनमें गोरखनाथ-भरथरी के मुसलमान जोगियों के गीत भी शामिल थे। मगर राम (बड़कू) के पाकिस्तान चले जाने के बाद उसमें हैरतअंगेज़ तब्दीली आने लगी थी और वह इनसे विरक्त रहने लगा था। विरेचन मुझमें भी आ रहा था।

मैं कहता, "मेरा ख़याल है, ये सारे लफड़े जायदाद के बँटवारे और परिवार की रंजिशों के चलते हुए, बीतते वक़्त के साथ गढ़ ली गईं कहानियाँ। सारे मिथ गप हैं। सारे मज़हब एक-दूसरे के ख़ून के प्यासे। यह झूठ है कि ये प्रेम, त्याग और आदर्श के संस्थापक हैं।"

"पर इन मिथों के सिवाय हमारे पास दूसरा चारा ही क्या बचा है, अलग-अलग फिरकों को जोड़ने के लिए? मसलन हुसैनी ब्राह्मणों वाली बात! उसे भी झूठ कहकर उड़ा दोगे?"

"मुझे नहीं मालूम। मैं कोई इतिहासकार नहीं हूँ। यहाँ का हाल तो यह है कि एक-दो पीढ़ी के जाते-न जाते बच्चे अपने पुरखों तक को पहचानने से इनकार करने लगते हैं। ख़ानदान के इतिहास को क़ब्रों से निकालकर कठघरों में बार-बार खड़ा किया जाता है, उसे अपने हिसाब से ढाला जाता है...और तुम हज़ार-डेढ़ हज़ार साल पहले की बात करते हो, जिसका आधार भी मिथ ही है।"

भरत हार न मानता, "इन तमाम बिखरावों के बीच वह हमारा अकेला सीमेंटिंग फ़ैक्टर है, मिथ ही क्यों न हो। डूबते को तिनके का सहारा! महल की अटारी पर जलते दीये की रोशनी से ताप और ऊर्जा ग्रहण करनेवाले जाड़े की उस कँपकँपाती रात में जलाशय में खड़े उस ग़रीब आदमी की तरह फिर...।"

"क्या फिर?"

"हमारे पास एक अदद अहमदपुरा तो है, जहाँ से एन्थ्रोपोलोजी की कितनी कोंपलें फूटी हैं। ज़रा सोचो, इन मुसलमान जोगियों को भी कहाँ जगह मिली तो इसी अहमदपुरा जैसी जगह में। हमारे परशुराम कुतबन वहीं से आते हैं और क्या ढब है हमारे कुतबन के कन्धे पर फरसा, आँखें लाल, चेहरा तेजस्वी, मानो सीधे भगवान परशुराम लौट आए हों फिर से।"

वाक़ई अहमदपुरा की रामलीला के इतने रंग, इतने शेड्स थे कि गिनाना भी मुश्किल। सच के इतने-इतने रंग हो सकते हैं, कोई सोच सकता है भला...!

राम का वनवास हुआ—वनवास, माने पाकिस्तान। अब भरत उन्हें लौटा लाने के लिए जानेवाले हैं, वापस अयोध्या। "अगर राम न मानें तो?" कैसे नहीं मानेंगे! मानना ही पड़ेगा। सीता भी आएँगी, वो क्या कि राम यानी अब्बास की दुल्हन सुल्ताना! इसी साल शादी होनी है। वहाँ जाने का वक़्त भी मुकर्रर हो गया है। भरत पूरे उत्साह में हैं—इस बार की रामलीला रियल रामलीला होगी, देख लेना। बीच में कितने-कितने अवरोध हैं। पर भरत का उत्साह किसी भी अवरोध को नहीं मानता।

अन्त-अन्त तक हुआ वही। मुझे, यानी लक्ष्मण को, वीसा मिलने में दिक़्क़त आने लगी।

यहीं से बिखराव शुरू हुआ। रामलीला पार्टी की लम्बी-लम्बी मीटिंगें होने लगीं। भरत दर्जन-भर रामायण उठाए लिये चले आते। सूत्रधार अभी भी वही थे और अपने मूल थीम पर कायम। एक गहराती शाम, ग़ायब थे

जनाब। ढूँढ़ने पर न अपने घर मिले न मेरे, न गाँव में, न नहर पर। मिले कहाँ तो वहाँ, जहाँ कोई सोच भी नहीं सकता था। उस ख़ौफ़नाक क़ब्रिस्तान में! मैंने कन्धे पर हाथ रखा तो हिचकियाँ बँध गईं, "आय कांट हेल्प। आय कांट! भला बताओ, दूसरी बार सीताजी को गर्भवती हालत में भयानक जंगल में लक्ष्मण छोड़ आए। ओह हॉरिबल! रियली हॉरिबल। हाउ कैन ए परसन बी क्रुएल टू सच ऐन एक्सटेंट?"

"मगर यार तुम यहाँ क्या कर रहे हो? इस डरावने वीरान क़ब्रिस्तान के जंगल में?"

"मैं सीताजी के साथ हुई उस ख़ौफ़नाक नाइंसाफ़ी और उस स्थिति को समझने की कोशिश कर रहा था। यह जंगल तो उस जंगल के सामने कुछ भी नहीं। ऐंड फील द हॉरर, शी वाज प्रेगनेंट, शी वाज एलोन, शाम गहराती जा रही थी। अग्नि परीक्षा को तो 'लीला' कहकर हमने समझा दिया था, पर ये...?"

अहमदपुरा में यह ख़बर आग की तरह फैल गई कि 'रामलीला' फिर से लिखी जाएगी। दिन-रात बैठकें चल रही हैं। लोग नहर की पुलिया पर और इधर-उधर बैठे होते। रामलीला फिर से लिखी जाएगी, पता नहीं, कौन कटेगा, कौन बचेगा! महीनों से अपनी-अपनी पात्रता सिद्ध करने की कोशिशें हो रही थीं। 'जटायु' और 'सम्पाती' गिद्धों की तरह पंख फैलाए उचक-उचककर चलते। 'बालि', 'सुग्रीव', 'अंगद', 'हनुमान' की बोली-बानी खराद पर चढ़ने लगी थी, सुलेमान चाचा की हरचन्द कोशिश रहती कि कैसे वे ओरिजिनल जामवन्त लगने लगेंगे फिर यह दुविधा भी कि दो पाँव पर चलें कि चार पर! 'मेघनाद' का किरदार यूसुफ़ से छिन न जाए, सो उनका अट्टहास दिन-पर-दिन गम्भीर होता जाता। विभीषण का चरित्र रामदुलारे पांडेय करते आए थे, मगर अब वे उसे छोड़नेवाले थे, राह चलते कोई उन्हें 'विभीषण' बुला लेता। 'कुम्भकर्ण' के लिए रामदीन यादव और

सरताज में कड़ी प्रतिस्पर्धा थी। खेती-बाड़ी और दूसरे ज़रूरी कामों के बाद लोग आपस में वैसे भी इन्हीं बातों में रस लेते पर जोगी कुतबन का मामला सबसे निराला था, जिस दिन से उन्हें 'परशुराम' का रोल मिला था, वे बाबूजी के पास 'परशुराम' को पूरी तरह समझने, जीने के लिए बैठे रहते। एक तरह से परशुराममय होकर सारंगी छोड़कर फरसा उठा लिया था उन्होंने और शेख़ी में इठलाते चलते। जैसे ही उन्हें ज्ञात हुआ कि परशुराम जी ने जंगल काट डाले थे, उन्होंने नहर के किनारे की छोटी-सी सरपताही काटकर साफ़ कर दी। वन विभाग वाले पकड़कर ले गए तो उससे दोगुनी सरपाती महीने-भर में लगा दी, परशुराम की तरह ही माँ को घर से निकाल बाहर किया अब शायद बाबूजी के समझाने पर लौटा लाएँ। यह तो बड़ी आफ़त थी मुझे 'लक्ष्मण' मानकर मुझसे लड़ने की खुजली होती रहती पर मुझे इतनी फ़ुरसत थी कहाँ, सो मैं उन्हें दूर से प्रणाम कर किनारा कर लिया करता।

इन लड़कों को और कोई काम नहीं है क्या? गाँव के लोग अनकुसाते—हिन्दू भी, मुसलमान भी। पर रोकता कोई न।

जोगी कुतबन कन्धे पर फरसा लिये देर तक निहोरा करते रहे कि भगवान परशुराम का किरदार तो रहने देते मगर छोटकू ने उनका अनुरोध यह कहकर ख़ारिज कर दिया कि हमें ऐसे तुनकमिज़ाज एबनॉर्मल किरदारों का क्या करना, तुम्हें कोई और रोल दे देंगे, सब्र करो। इसी बिना पर शत्रुघ्न का रोल हमने ड्रॉप कर दिया था, जब कोई शत्रु ही नहीं तो उनकी क्या ज़रूरत। शूर्पणखा का रोल करनेवाला मुमताज भी उदास होकर लौट गया, "मेरी नाक की जगह तुम लोगों ने मुझे ही काट दिया।" यही हाल हुआ रामलीला में रावण और कर्बला में यजीद के दरबार दोनों में ही नाचनेवाले जमील का।

उधर राम को अयोध्या वापस लौटा लाने के मनसूबे बाँधे भरत की

कोशिशों को फिर मुँह की खानी पड़ी। राम फिर नहीं लौटे उलटे वे भरत को ही पाकिस्तान लौट आने का इसरार करने लगे, "तुम्हीं लौट आओ भाई, कोई अपनों से दूर भला कब तक रह सकता है! अब तो तुम्हारी भाभी सुल्ताना, तुम्हारी सीता भी अनुरोध कर रही हैं।"

भरत ने जवाब दिया, "तुम्हीं लौट आओ भाई कोई अपनों से और अपने वतन से कब तक दूर रह सकता है? मैं सुल्ताना भाभी के क़दमों पर गिरकर उन्हें मना लूँगा।"

रात-भर मान-मनौवल चलती रही पर कोई फल न निकला। अलबत्ता लौटते समय भरत से राम ने कहा, "कुछ भी हो जाए, चाहे खेत क्यों न बेचने पड़ें, रामलीला किसी भी सूरत में बन्द नहीं होनी चाहिए।" भरत ने कहा, "तुमने हमारा मान नहीं रखा भाई। न लौटे, न सही मगर मुतमइन रहो, रामलीला बन्द नहीं होगी। तब भरत राम का प्रतीक उनकी पादुका लेकर लौटे थे, अब हम तुम्हारा प्रतीक यह रामलीला लेकर लौट रहे हैं। भरत के जीते-जी यह रामलीला बन्द नहीं होगी।"

उस दिन से उसकी भाव-प्रवण आँखें जो नम हुईं कि फिर नहीं सूखीं। माँ की मैयत पर वैसा घिनौना हंगामा हुआ, छोटकू ने झेल लिया, छोटकू को छोड़कर सभी पाकिस्तान चले गए, छोटकू नहीं टूटा, उसे अब भी यक़ीन था कि एक न एक दिन उसका राम ज़रूर लौट आएगा। मगर छोटकू टूटा और वह टूटा मेरे विदेश सेवा के सेलेक्शन पर।

इस दश्त में तुम मुझसे बिछड़ जाओगे भाई,
गर ख़ाक भी छानूँ तो न हाथ आओगे भाई।

वह मेरे गले लगा। उसने आँखों में आँखें डालकर मुझे देखा। उसने अपने हाथों में मेरे हाथ लिये। उन पर आँसू की दो बूँदें गिराईं। उन्हें चूमा और दूसरे दिन रामलीला का वह 'किंग पोल' जाने कहाँ चला गया।

जो रामलीला हम सबको प्राणों से प्यारी थी, जिस रामकथा का आदर्श हमारे लिए सभी दर्शनों से ऊँचा था, जहाँ राम किसी एक जाति-विशेष, धर्म-विशेष, क्षेत्र-विशेष के नहीं थे। सारी अदावतों से परे, सारे वर्चस्ववादी विमर्शों से परे! जहाँ अयोध्या की राजगद्दी का किसी को मोह न था, न राम को राजगद्दी चाहिए न भरत को, न लक्ष्मण को, न ही और किसी को, चौदह साल तक यूँ ही पड़ी रही राजगद्दी, सारे भाई तपस्वी बने आत्म निर्वासन झेलते रहे, त्याग और वैराग्य के उसी सत्य की रामलीला का छोटकू और हम सबने आविष्कार किया था।

पर यह क्या? इस रामलीला का सूत्रधार ही मंच से ग़ायब हो गया। राम का जाना, लक्ष्मण का जाना, सीता का जाना कोई उतना हैरान करनेवाला हादसा न था, वह तो होता ही आया था पर भरत का जाना यह वाक़ई ज़बर्दस्त आघात था।

कभी सोचा था, किस मुँह से विदा लूँगा नौकरी पर जाते समय अपने भाई से मगर भाई ने इसकी मुहलत ही न दी। वह जा चुका था। कहाँ, इसका कोई सुराग भी नहीं छोड़ा उसने। सिर्फ़ चन्द सतरों का एक चिट—आत्मस्वीकृति या इलज़ाम!

“रामकथा के अन्त में लक्ष्मण अपनी भाभी सीता को छल से जंगल में छोड़कर लौट जाते हैं, इस रामकथा में लक्ष्मण अपने भरत को। यह एक अलग क़िस्म का निर्वासन है जिसे राम ने भी दिया, लक्ष्मण ने भी। राम भैया, तुम और हम सबने एक मिशन के तहत काम शुरू किया था, मुझे अनुमान भी न था कि एक दिन ऐसा भी आएगा कि जब तुम सब एक-एक कर मुझे जंगल में इस तरह अकेला छोड़कर चल दोगे। पहले राम गए और अब लक्ष्मण—अफ़सरी का ठाठ खींच ले गया तुम्हें।”

इसे अनसुना करते हुए अपनी सरकारी नौकरी के तहत मैं अलग-अलग देशों में भटकता रहा जैसे दूर तक फैले जल में कोई जलता हुआ जलयान

गुज़रता जाए। भरत से फिर सामना न हुआ वरना उसकी तीखी नज़रों में कोई सवाल होता—ख़ुद से भाग रहे हो? मैं नज़रें मिला पाता क्या?

अहमदपुरा भी आया एक-आध बार। पर न भरत के बारे में कुछ पता चल सका न राम के बारे में। छोटकू ने जब्बार चाचा और मेरे पिता के पास जो काग़ज़ात रख छोड़े थे, उसके अनुसार उनकी ज़मीन पर एक बड़ा खेल का मैदान, स्कूल, कर्बला, ईदगाह और रामलीला का मंच और परिसर बनना था—"सँभालो अपने दोस्त की अमानत।" कहकर सौंप दिये गए मुझे सारे काग़ज़ात। लेकिन रामलीला के इस खँडहर में किससे पूछूँ कोई बात, न राम का कोई अता-पता है, न भरत का। कभी पहले सोचा करता, कैसी होती होगी अयोध्या राम के बिना उसके निवार्सन के दिनों में, अब जब भी आता उस मंज़र से सामना होता। ज़्यादातर जवान रोज़ी-रोटी की तलाश में दिल्ली-मुम्बई और दुबई पलायन कर गए थे। सूनी-सूनी गलियों में यदा-कदा टेरती जोगियों की आवाज़—

अरे राम के माई बनवाँ भेजिउ, भरत के दिहिउ राजगद्दी
बताव राम कहिया ले अइहैं...?

उदास हो जाता मन। उदासी झरती रहती पेड़ों से, छप्परों से, खोड़रों से, खँडहरों से—तुम्हें पुकारते हुए पुकार खो गई कहीं...मुक्तिबोध!

छोटकू की डायरी उलटते-पलटते अचानक एक पन्ने पर नज़र जम गई—"मेरे लिए रामकथा भाई का भाई के लिए भौतिक सुखों का त्याग-वैराग्य है या फिर उन्हीं भौतिक सुखों के लिए भाई की भाई के विरुद्ध जंग। एक ही सिक्के के दो पहलू।" अरे! पता नहीं, कहाँ-कहाँ से साक्ष्य जुटा रखे थे उसने—बालि-सुग्रीव, जटायु-सम्पाती, रावण-विभीषण, महाभारत और दूसरे प्रसंग से भी जुटाए गए थे साक्ष्य। उसके अनुसार हर भाई एक ही साथ दो-दो जंग लड़ रहा होता है—एक अपने अस्तित्व के लिए अपने

भाई से, दूसरी ख़ुद से जो पहली जंग के काउंटर में लड़ी जाती है पर कुल मिलाकर हासिल कुछ होता-वोता नहीं। गुबार जमा होता रहता है, कोई चिनगारी गिरती है और सुलगने लगता है प्रान्तर। पता नहीं, कब तक, कहाँ तक...? कुछ हारे, कुछ टूटे हुए नामुराद पल...आख़िरकार सब किसी-न-किसी आत्महत्या की नियति के शिकार होते हैं राम भी, लक्ष्मण भी, भरत भी, शत्रुघ्न भी, सीता भी, दूसरे भी। ग्रीक ट्रेजडी या महाकाव्यात्मक ट्रेजडी!

रामलीला के इस वीरान मंच पर आज इस दर्शन के विद्रूप के सामने खड़ा हूँ—बिजूका बनकर। राम (अब्बास) ने पाकिस्तान में और भरत (अलताफ़) ने हिन्दुस्तान में मिलिटरी ज्वाइन कर ली। अलग-अलग सूचनाएँ हैं इसके मुताल्लिक मेरे पास।

सूचना नम्बर एक—जंग में राम और भरत आमने-सामने थे, दोनों ने एक-दूसरे को गोली मारी।

सूचना नम्बर दो—दोनों अलग-अलग आतंकवादी गुटों द्वारा मारे गए।

सूचना नम्बर तीन—दोनों, कहने को ज़िन्दा तो हैं मगर एक पाकिस्तान की जेल में नज़रबन्द है, दूसरा हिन्दुस्तान की जेल में।

गुफा का आदमी

रिटायर्ड आदमी के पास कितना कुछ होता है शेखी बघारने के लिए ये मारा, वो रौंदा, ऐसों-ऐसों की बोलती बन्द कर दी, मगर एक अपने तैयब चा हैं, जनाब ओड़िशा से दरोगा के पोस्ट से रिटायर होकर लौटे हैं, लेकिन जब से यहाँ आए हैं, ख़ुद में ही सिमटे रहते हैं। या तो अपने कमरे में घुसे रहेंगे या फिर सामने के बागान में फावड़ा, खुर्पी लेकर खन-खोद करते रहेंगे। जो भी सब्ज़ियाँ, फूल या फल उगाते हैं, वे मकान मालिक या दूसरों के काम आते हैं। कभी-कभी उन्हें अमरूद के पेड़ के नीचे बैठा पाया जाता है, एक ही दिशा में घंटों ताकते हुए। लोग बताते हैं कि पहले बीच-बीच में हफ़्ते-दो हफ़्ते के लिए गायब हो जाते, लौटते तो और भी उतरा चेहरा लिये हुए। अब पोस्ट ऑफ़िस और बाज़ार कभी गए तो गए, वरना वह भी नहीं। बतानेवाले बताते हैं कि उनकी न कोई बीवी है, न बाल-बच्चा, दूर कहीं उनके भाई-भाभी, भतीजे-भतीजियाँ हैं जिन्हें मनीऑर्डर करने या चिट्ठी-पत्री की तलाश में ही पोस्ट ऑफ़िस जाते हैं। कहीं-न-कहीं कोई तिलिस्म था मगर यह गुफा के अन्दर था या बाहर—किससे पूछते हम!

हमने तो कभी किसी को न उनके पास आते देखा, न उन्हें कहीं जाते। पहाड़ों में रहते-रहते उनका चेहरा पथरीला हो चला था, बियाबानों

में भटकते-भटकते बियाबान। एक सदाबहार उदासी थी जो उनकी पकी दाढ़ी की फुनगियों पर जाले-सी फहराती रहती। इसी मनहूसियत के चलते मुहल्लेवालों से उनकी कोई आमदरफ़्त नहीं बन पाई थी, हमसे भी नहीं। अब भला बताइए, ऐन उनकी बग़ल में हम साल-भर से 'चेतना' नाम का एन.जी.ओ. चला रहे थे, तैयब चा से ये भी न हुआ कि हमीं से अपनी तनहाई बाँट लेते।

वो तो हुआ यूँ कि एक दिन जब हमारी बहस की 'झाँय-झाँय' अपने पंचम पर थी, चचा घबराकर अपनी गुफा से निकले और 'ऑड मैन आउट' की तरह बाहर जाने लगे कि हमने उन्हें इसरार कर बैठा लिया, "चचा आपसे एक ज़रूरी बात करनी है।" तैयब चा बैठ गए।

हमारी महफ़िल उस समय पूरे शबाब पर थी। अंशुल, अफजल, मनोज, गुरमीत कौर, रोज़ी—एक से बढ़कर एक 'रतन' मगर सबसे महत्त्वपूर्ण थीं मिस शेफाली। चालीस को छूती गोरी, गदबदी, 'नारी मुक्ति' की प्रबल पैरोकार, 'ब्रा-बर्निंग मूवमेंट' से प्रभावित बड़े घर की बेटी। समाज सेवा का नया-नया जज़्बा था, सो हर बात पर उलझ जातीं, सिमोन-द-बोउवा से लेकर तसलीमा तक के टप्पे उछाले और लोके जा रहे थे। अचानक बहस का रुख़ इस सर्वेक्षण पर केन्द्रित हो गया कि आज की लड़कियाँ मैडम क्यूरी, मदर टेरेसा, मेधा पाटेकर, कल्पना चावला या फूलन न बनकर माधुरी और ऐश्वर्या राय बनना चाहती हैं।

"आपको काहे का एतराज़?" शेफाली ने पलटकर पंजा मारा, "आप कौन होते हैं यह तय करनेवाले कि वे क्या बनें, क्या न बनें...?"

"कुछ नहीं, वो ज़रा 'धक-धक' करने लगा" वाला अन्दाज...। मनोज ने बेशर्मी से कहा और फिर शर्मशार हो गया।

शेफाली ने उसे तीखी नज़रों से घूरा और एक गहरी साँस ली, "ब्रह्मांड को हमने अपने बॉसम्स (उरोजों) के बीच दाब रखा है, समझे मिस्टर!"

उनकी गर्दन एक अजीब-सी शान में तन गई।

"यूनिक कमेंट।" प्रशंसा में देर तक मुंडी हिलाते रहे हम। सन्नाटा कुछ पल थिराया रहा। अचानक रोज़ी ने एक ढेला फेंका, "ब्रा बर्निंग के बाद भी?"

"क्यों?"

"ब्रह्मांड अटकेगा कहाँ, गिरकर पक्क-से फूट नहीं जाएगा?" तैयब चा चुपके से उठे और बाहर जाने लगे। मैंने रोक लिया, "रुकिए चाचा आपसे बात तो अभी हुई ही नहीं।"

"बोलिए।"

"आप हमारी 'चेतना' के डायरेक्टर बन जाइए।"

"ये क्या चीज़ है?" उन्होंने ऐसी मासूमियत से पूछा कि हमें हँसी आ गई।

"हम आदिवासियों, ख़ासकर आदिवासी औरतों की बेहतरी के लिए काम करते हैं, उन्हें उनके हक़ूक से वाक़िफ़ कराते हैं और आज़ाद ख़यालों से बावस्ता भी...।"

"वो क्या कहते हैं नारी-मुक्ति।" अफजल ने पैबन्द जोड़ा।

चचा कुछ बोले नहीं, खोई-खाई नज़रों से कहीं ताकते-भर रहे, हमें लगा, उन्हें हमारी बात ठीक-ठीक समझ में आई नहीं।

मिस शेफाली ने टहोका मारा, "नारी-मुक्ति तो बाद में, पहले तैयब साहब से यह तो पूछो, नारी होती क्या शै है।"

"यह आप कैसे कह सकती हैं?" गुरमीत ने बनावटी ग़ुस्से से पूछा।

"अपने चचा से ही पूछो, ए कि मैं झूठ बोल्याँ?"

"मैं तो दावे के साथ कह सकती हूँ कि चचा ने कभी मोहब्बत की ही नहीं।" मिस शेफाली ने कहा।

उजबक की तरह ताकते रहे तैयब चा, बोले नहीं कुछ फिर खरामा-खरामा बाहर चले गए।

यह जुमला हम बार-बार दुहराते रहे, तैयब चा सुनकर अनसुना करते रहे लेकिन एक दिन वे जाते-जाते ठिठक गए, "की है, बरखुरदार, हमने भी मोहब्बत की है।"

"औरत से?" अंशुल ने उन्हें जलाने के लिए पूछा।

"औरत से, आदिवासी औरत से।" उत्तेजना रहित था उनका स्वर।

"ये म्मारा।" हम ख़ुशी से चीख़ पड़े जैसे कोई जंग जीत ली हो।

"चचा, हम आपके मोहब्बत की दास्तान सुनना चाहेंगे।"

"वो भी आपके कमरे में बैठकर।" मनोज ने जोड़ा।

"आज और अभी।" शेफाली स्वयं उत्सुक हो चली थी।

चचा जैसे मुश्किल में पड़ गए।

"प्लीज चचा।"

"प्लीज!"

"प्लीज!"

हमारे निवेदन के सामने आख़िरकार झुकना पड़ा उन्हें। इस तरह पहली बार हमारी 'चेतना' की टीम ने उनकी गुफा में प्रवेश किया। रैक पर कुछ किताबें, कुछ खड़ी, कुछ पड़ी, दो-एक अख़बार या पत्र-पत्रिका भी बेतरतीब, किचेन और टॉयलेट की ओर खुलते दो दरवाज़े, फर्श पर बिखरे सिगरेट के टोंटे और जली तीलियाँ। दूसरे रैक पर कुछ आदिवासियों की धातु प्रतिमाएँ। दीवारों पर पहाड़ों, जंगलों के कुछ चित्र...और एक तस्वीर जो पानी गिरकर बेचेहरा हो चुकी थी। रैक के बग़ल एक मामूली चौकी, चौकी पर मामूली बिस्तर, तकिया, कुछ सिमटी, कुछ झूलती मच्छरदानी। काठ के कुर्सी-टेबुल, टेबुल पर घड़ी। लगा, अभी भी वे बैठक में ही हैं।

अपने कमरे से हमने कुर्सियाँ मँगा लीं और बाहर से चाय। अब हम उन्हें घेरकर बैठ गए।

चाय की पहली चुस्की के साथ अफजल ने दागा। "हाँ, चचा अब सुनाइए...।"

चचा ने सिगरेट सुलगा ली, लगा, अभी भी किसी कशमकश से उबरने की जद्दोजहद कर रहे थे। हम उनका धुआँ भी झेल रहे थे, उनकी चुप्पी भी।

"कौन थी वो?" रोज़ी को उन्हें टोकना पड़ा।

जवाब में फिर वही चुप्पी...मगर ज़्यादा लम्बी नहीं, भूत की तरह उनकी आवाज़ सन्नाटे से उभरी—"वोऽऽऽ?" उनकी उँगली उस बेचेहरे की तसवीर की ओर उठी हुई थी।

"वोऽऽऽ? लेकिन वो तो..." मनोज ने हमारी दुविधा पेश की—

"हाँ, कोई सैलाब आकर बहा ले गया है रंग-रोगन। आप नहीं देख पाएँगे, मगर मैं देख पा रहा हूँ...वर्षों-वर्षों बाद भी।"

"वह मुझे मुदलागुड़ी में मिली थी।" चचा ने बताया, "तक़दीर ने जैसे मुझे दो-दो बार ख़ास उसी के लिए वहाँ भेजा था। बोंडा आदिवासी थी। पहली मर्तबा मैंने उसे तब देखा था, जब वह सोलह साल की थी। चेहरा साँवला था, नैन-नक्श ऐसे कि एक बार देखने के बाद बार-बार देखने का जी चाहे, लेकिन सिर मुँड़ाया हुआ बदन पर कहने-भर के लिए कपड़े...।"

"कपड़े चाहे जितने कम हों, उतने अच्छे लेकिन चचा, सर पर जुल्फ़ें भी नहीं? अब इतनी ज़्यादती तो न करें।" हमारी नज़र में किसी संन्यासिनी नेत्री का चेहरा भक से जला और जलकर ख़ाक हो गया।

"पूछने पर मालूम हुआ कि वहाँ एक सीताकुंड है जहाँ बनवास के दौरान एक दफा सीताजी नहा रही थीं। जेठ का महीना था। शायद कपड़े-वपड़े नहीं रहे होंगे बदन पर। उन्हें ऐसी सूरत में देखकर कुछ बोंडा लड़कियाँ हँस पड़ीं। वो हँसी पहाड़ियों से टकराकर लौटी तो लगा, पहाड़ियाँ भी हँस रही हैं। बस ख़फ़ा हो गईं सीताजी, ग़ुस्से में सराप दे डाला—

"जाओ नंगी रहोगी।" तब से लड़कियाँ भी नंगी हैं, पहाड़ियाँ भी।

"त-आज्जुब है। लेकिन जुल्फ़ों के बग़ैर वे कैसी लगती होंगी?"

"मेरे कहने पर उसने बाल रख लिये।"

"शुकर है।" चचा ने हमारी भावमूर्ति को खंडित होने से बचा लिया।

"एक तरह से देखा जाए तो वे तहज़ीब के शुरुआती दौर में जी रहे थे। दाँत तक न साफ़ करते, गमछेनुमा कपड़े 'टाँग' से घुटनों के ऊपरी हिस्से को बमुश्किल ढक पाते, ऊपर खुला जोबन, जिस पर मालाएँ लटक रही होतीं। मर्द एक लँगोटी जैसी चीज़ पहनते, हाँ सर न मुड़ाते, अपने बालों में परिन्दों के पर लगाते। कीड़े, साँप, गाय, सूअर, भैंस, गरज कि खाने और न खाने की हर चीज़ खाते।...मेरे जानते वह अकेली बोंडा लड़की थी जिसने मेरे कहने पर दाँत माँजना शुरू किया। मैंने उसे एक साबुन दिया था रेक्सोना, थोड़े-थोड़े से बदलावों ने उसमें ग़ज़ब की कशिश जगानी शुरू कर दी थी। पहली चीज़ जिसने मुझे उसकी ओर खींचा वह सेक्स था। मुझे वो बला की हसीन लगती, उसका चेहरा, उसकी गढ़न, उसकी आँखें, उसका जोबन, उसकी मासूमियत। नाम था सोमा, क़ुदरत की बेटी सोमा और अनजाने ही मैं उसकी मोहब्बत में गिरफ़्तार होता चला गया।"

"सुनते हैं, ओड़िशा का एक कबीला बेहद जंगली और ख़ूँख़्वार है कहीं ये वही तो नहीं?" अंशुल ने पूछा।

"हो सकता है, उन्हीं के बारे में कहा गया हो लेकिन आप जब ठंडे दिमाग़ से ग़ौर करोगे तो पाओगे कि हममें और उनमें कोई बहुत फ़र्क़ नहीं है। धनुष-तीर से लैस रहते हैं वे। सलफ या सलफी के पेड़, जादू-टोने या किसी भी ऐसी बात पर तीर चल जाते हैं, क्या शरीफ कहे जानेवाले समाज में ऐसा नहीं होता? उनकी ज़बान, उनकी रवायतें हमारे लिए अजीब हैं, तो हमारी ज़बान, हमारी रवायतें भी उनके लिए अजीब हैं, उनके लिए क्या एक-दूसरे के लिए हम क्या अजीब नहीं हैं? अगर कहें कि वे जंगली हैं, बर्बर हैं तो हमीं कहाँ कितने शरीफ हो पाए हैं? तब हाँ, एक फ़र्क़ जरूर

है वे इस माने में असभ्य ज़रूर हैं कि उन्हें छुपाना नहीं आता और हमें आता है, पाप करके जो जितने बेहतरीन ढंग से छुपा ले जाए वो उतना ही तमीज़दार। ख़ून करने के बाद भी वे ख़ुद थाने में हाज़िर हो जाते, "मैंने ख़ून किया है, मुझे सज़ा दो।" हमारे बड़े-से-बड़े नेता और शरीफ़ज़ादे भी आख़िर तक इनकार करते रहते हैं और ले-देकर जुडीशियरी, ब्यूरोक्रेसी, जाँच कमीशन के फन्दे से सही-साबुत निकल आते हैं और इतराते चलते हैं। बेशक वे ऐसे सभ्य नहीं हुए अभी।" बहुत ही ठंडे मिज़ाज से तैयब चा बता रहे थे यह सब।

"ऊपर से देखने पर इस रिश्ते में कोई चटक रंग नहीं था, न कोई लहर, बस एक पकी ख़ुशबू का भीना-भीना एहसास-भर...जो था, अन्दर था। चूँकि बोंडा कुछ भी ग़लत करते तो ख़ुद ही आकर कनफेस कर लेते कि हमने ऐसा किया है सो काम-धाम तो कुछ ख़ास था नहीं वहाँ। पहाड़ था, जंगल था, सड़क न थी, सवारी न थी। बस ढलानें थीं और चढ़ाइयाँ। वह मेरे क्वार्टर की साफ़-सफ़ाई के लिए सुबह या शाम एक बार आती। सफ़ाई भी क्या, बोंडा औरत अपने शौहर का जूठा भी न धोए, ख़ैर। जल्दी-जल्दी काम निबटाकर चली जाती। कभी-कभी कटहल, आम या मांस की सौगात लेकर आती, मांस मैं लौटा देता बाक़ी फल रख लेता। साबुन-तेल या ऐसी चीज़ें मेरे पास होतीं तो मैं भी इशारे से कह देता ले लो। कभी वह ले लेती, कभी नहीं।

मैं उसे भर नज़र देखता भी नहीं। वह बातें करने के लिए कुछ देर यूँ ही खड़ी रहती, मैं संजीदा बना रहता। वह चली जाती तो उससे बातें न करने, उसे भर नज़र न देखने के अपने ढोंग पर मैं ख़ुद को लानतें भेजता। मेरा ख़याल है, हर शख़्स की कशिश का एक दायरा होता है जो जिस्म के चारों ओर दूर-दूर तक फैला होता है, इसे वेव थ्योरी, मैग्नेटिक फ़ील्ड या और किसी तरीक़े से बेहतर ढंग से समझा जाता होगा मगर अपने तईं

तो यक़ीनी तौर पर मैं कह सकता हूँ कि ऐसा होता था। वह जैसे कहीं दूर से मुझे खींचती। उसकी एक झलक पाने के लिए मैं पैदल चढ़ाइयाँ चढ़ता। वह दिख जाती तो नशे से भर उठता लेकिन मैं वहाँ रुकता नहीं, उसे नज़रअन्दाज़ कर आगे निकल जाता, जैसे मैं उसके लिए नहीं किसी और ही काम के लिए उधर आ निकला था और उसका होना-न होना मेरे लिए कोई माने नहीं रखता। मेरे अन्दर कोई सूखा थानेदार था, जिसकी बेमुरौवती के आगे मेरा आशिक ज़बान न खोल पाता। फिर-फिर मनसूबे बाँधता कि आज तो उसे जी भरकर देखकर रहेंगे, बातें भी करेंगे लेकिन सामने पड़ने पर फिर वही शिकस्त। ख़ुदा से अकेले में मिन्नतें करता या ख़ुदा, मेरी मुराद पूरी कर दे, किसी भी तरह। लेकिन अल्लाह मियाँ क्या करते, मैं ख़ुद ही नामुराद था। चढ़ाइयाँ चढ़ते और ढलानों में लुढ़कते वे अहम लम्हे गर्क हो गए वह सत्रह की हो गई। अब किसी भी दिन वहाँ की रवायत के मुताबिक उसका वो स्वयंवर हो सकता था यानी उसे अपने मर्द को चुन लेना था।

औरत चाहे पढ़ी-लिखी हो या अनपढ़, मर्द के मन की बात पढ़ने से कभी नहीं चूकती। सोमा भी आख़िर एक औरत ही थी। एक साँझ जब बाहर बादल बरस रहे थे, वह मेरे इशारे करने पर भी न गई। बाहर गड़गड़ाहट हुई, कोई आदमख़ोर गरजा, दबे पाँव अन्दर आया और एक आदिम प्यास भड़क उठी। वह रात और उस जैसी कई रातें, वह बात और उस जैसी कई बातें चोर बत्ती की तरह मेरे जंगल में अब भी जलती-बुझती रहती हैं। हाँ, याद आया उसी पहली रात को कैमरे से उसकी वो तसवीर ली थी मैंने और उसे एक टॉर्च दी थी चोर बत्ती।

उस बार चोर बत्ती बुझी तो बुझी रह गई कई दिनों तक लम्बा अँधेरा! और जब जली तो वह आठ साल के लड़के शुकरा के साथ दुल्हन बनी बैठी थी। मेरे कहने पर उसने जो जुल्फ़ रख छोड़ी थी, वह फिर से साफ़

कर दी गई थी मेरे जिस्मानी ताल्लुकातों की तरह। अब वह पूरी तरह एक बोंडनी थी। मैंने सौ रुपये दिये शादी के तोहफ़े के रूप में।"

"क्या कहते हो चचा..." अफजल ने टोका, "वो आठ साल का छोकरा शुकरा आपकी महबूबा को ले उड़ा और आप कुछ न कर सके?"

"वाक़ई, कुछ न कर सका।"

"लेकिन अगर आपने थोड़ी-सी हिम्मत की होती तो...।"

"दो ही तरीक़े थे या तो मैं उसके जैसा बन जाता या वह मेरे जैसी। दोनों ही मुश्किल थे। हमारी रूहें एकसार हो रही थीं लेकिन ज़मीनें अलग-अलग थीं और इस बात को मुझसे ज़्यादा सोमा जानती थी।"

"गुफा के आदमियों की बात...।" मिस शेफाली बर्रा उठीं, "जिन्हें न अपने कर्तव्य का ज्ञान है, न अधिकार का।" शेफाली को श्रोता की भूमिका में अधिक देर तक नहीं रखा जा सकता था। उन्होंने अनमने भाव से दो-एक बार सेल्यूलर फ़ोन को दबाया-दुबाया फिर उठकर बाथरूम गईं। लौटकर आते ही उन्होंने जवाब-तलब किया, "बोंडा औरतें गुफा के अन्दर क्यों हैं, कभी आपने सोचा? आपने सीमोन द बोउवा या तसलीमा...?"

इस तरह बीच में टोका जाना तैयब चा को नागवार लगा। मिस शेफाली की बात को बीच में ही काटता हुआ उनका थानेदार तनकर खड़ा हो गया, हालाँकि उनकी शख़्सियत के अनुरूप उनकी आवाज़ अभी भी नरम ही थी, "मुझे बोउवा या तसलीमा जैसे बड़े-बड़े नामों से न दागें। कौन गुफा के अन्दर है और कौन गुफा के बाहर? गर तसलीमा करती हैं कि देह ही वो बुनियादी मैदान है, जिस पर सारी लड़ाइयाँ लड़ी जाती हैं तो इन साज़िशों के क्या माने कि हल्ला बोलकर औरतों को मादा जानवरों की तरह कभी खुले मैदान में, कभी गुफा में लाया जाता है, ताकि उनकी बोटियाँ नोची जा सकें।...माफ़ करेंगी ये बात मेरी समझ में नहीं आ रही कि आप जो एक बार की इस्तिरी फेरी गई साड़ी को दो बार नहीं पहनतीं, आप जो आज़ाद

ख़यालों के वहम में कभी नंगी होती हैं, कभी अधनंगी, आप जो जिस्म की नुमाइश कर ललचाती हुई मर्दमार बनी फिरती हैं और आदमी के अन्दर के कुत्तों को प्रोवोक करती हैं, आप जिनका पेट भरा हुआ है, घर भरा हुआ है, आप उन भूखी-नंगी मजबूर और मजलूम आदिम औरतों पर कितनी ईमानदारी से सोच पाएँगी। ब्रा-बर्निंग की बात करती थीं न आप! 'ब्रा' तो 'ब्रा' वहाँ तो तन ढकने के लिए भी कपड़े मयस्सर नहीं। मैं जिस इलाक़े में पोस्टेड था, 'बस्तर सिरी काकुलम' और 'काला हांडी' तक फैली वह पट्टी, सबकी कमोबेश एक-सी कहानी है। भूख, तंगी, लाचारी, और जाहिलपने में जैसे-तैसे रहने की कल्चर बनती गई है। लाज-शर्म को कपड़ों से नहीं मज़हब या मायथोलोजी के ख़यालों से ढककर ख़ुद को तसल्ली दे लेते हैं लोग, मसलन, सीता मैया का सराप या ऐसी ही दीगर बातें। गुफा के अन्दर हैं—तो क्यों...? ख़ौफ़! आपका ख़ौफ़! आपकी शराफत का ख़ौफ़। आपकी तहजीब का ख़ौफ़!

"आप लोग आदिवासियों में आज़ाद ख़याल डालकर उन पर एहसान करना चाहते हो न, पाक ख़याल है, मगर भाई मेरे, आज़ादी क्या चीज़ होती है, थोड़ा उनसे भी सीख लोगे तो क्या बिगड़ जाएगा आपका? कुछ तो है उनमें, जो आप में नहीं है। ठीक है कि औरत वहाँ किसी बेवकूफ़ी या मजबूरीवश मर्द को उम्र के पिछले पड़ावों से पकड़ती है, लेकिन यह क्यों भूल जाते हो आप कि उसे अपने हिसाब से डेवलप भी करती है अपनी क़ीमत देकर। इसके बाद भी एहसान फ़रामोश मर्द बार-बार इस्केप करता है, तब औरत परिवार और समाज को सलामत रखती है। वह पूरे परिवार और समाज की धुरी है, माँ भी है, महबूबा भी, ख़ुद कमाती है, सो आज़ाद भी। बेशक उनकी ज़िन्दगी में सुधार की ज़रूरत है ले जाइए सुविधाएँ, ले जाइए तालीम, ले जाइए तहजीब, लेकिन दिखावे के लिए नहीं, जो भी करें टोटल एंड कम्प्लीट!"

चचा ने तो हमें चौंका ही दिया। जिस ठंडेपन से वे मिस शेफाली और हमारी 'चेतना' की चमड़ी उकेर रहे थे, वह हुनर हासिल कर पाना ही अपने-आप में करिश्मा था। इस चुप्पे आदमी के अन्दर इतना गुबार कहाँ छुपा पड़ा था?

शुकर था, वे जल्द ही वापस पटरी पर आ गए, "अब सोमा और शुकरा का अलग घर था। सोमा सुबह धान रोपने या दीगर कामों के लिए निकल पड़ती। शुकरा तीर-धनुष लेकर चूहे, गिलहरी या पंछियों के पीछे भागता फिरता। वह उसका माड़-भात रखकर जाती। शाम को लौटती तो अपने शौहर को ढूँढ़कर ले आती, झरने में नहलाती, धुलाती फिर साँवा, कोदो, चावल, साग, कन्द जो भी जुट पाता राँधकर साथ खाने के लिए बैठती। शुकरा कभी अपनी माँ के, कभी बीवी के सीने में दुबककर सो जाता। जवान सोमा के अन्दर कोई लहर भी उठती होगी, ज़ोर से भींच लेती होगी शुकरा को...यह सब सोचते हुए मेरी तनहाइयाँ और भी गहरी हो जातीं।

"इंशा अल्लाह मेरा तबादला कहीं और हो गया, मगर मैं जहाँ भी गया सोमा का एहसास परछाईं की तरह मेरे साथ लगा रहा। उसके सिवा कोई दूसरी औरत मुझे भाती ही न थी। सालों बाद उस हलक़े में दोबारा आना हुआ प्रमोशन पाकर—खैरीपुरा पहली फ़ुरसत में ही मुदलागुड़ी गया अपनी सोमा को भर नज़र देखने की चाह में।

"सोमा और शुकरा के घर ख़बर भिजवा दी। शाम को उनके गाँव गया। इतने सालों में भी उस इलाक़े में कुछ भी नहीं बदला था, सिवाय वक़्त के। शुकरा वक़्त से पहले जवान हो गया था, सोमा वक़्त से पहले उम्रदराज। एक बेटा भी हो चुका था इस बीच, उम्र तकरीबन सात-आठ साल। मंगल को पैदा हुआ था सो नाम मँगरा था। मैंने मँगरा को उठाकर कलेजे से लगा लिया। उसके जिस्म से उसी पुराने रेक्सोना साबुन की बू आ रही थी। जज़्बा कुछ और भड़का, मैंने उसके हाथों को चूमा, गालों को

चूमा, होंठों को चूमा मानो अपनी महबूबा को ही चूम रहा हूँ। अचानक मैंने उसकी आँखों में झाँका...या ख़ुदा, वह क्या देख रहा था मैं, आईना...? तो इसका मतलब यह हुआ कि मँगरा मेरा और सोमा का बेटा है! ख़ौफ़ का करंट-सा लगा। मैंने देखा मुझे घेरकर अधनंगे बोंडा तीर-धनुष लेकर खड़े थे, किसी भी पल ये तीर-धनुष पर चढ़ेंगे और फिर मेरे जिस्म को छलनी कर डालेंगे। ग़लत हुआ आना। लेकिन ऐसा कुछ नहीं हुआ। शुकरा तो मुझे पहुँचाने नीचे तक भी आया। बाद में मैंने सोमा से पूछा तो उसने बताया कि उसने वहाँ की रवायत के मुताबिक शुकरा से शादी के पहले ही बता दिया था कि उसके पेट में आपका बच्चा है। इसके लिए भोज-भात देना होता था, वो आपके दिये हुए पैसों से हो गया। यह भी पता चला कि इसके लिए वहाँ औरत को कलंकिन नहीं समझा जाता, बच्चे तो उनके लिए अल्लाह या भगवान की सौगात हैं उनकी क़द्र करो, प्यार दो। शुकरा उसे अपने बच्चे की तरह पाल रहा था।

"इस ख़बर से मुझे राहत मिली लेकिन मैं ज़्यादा दिन तक सुकून से न रह सका। कई मुश्किलें खड़ी हो गई थीं मेरे लिए। मेरी ऐन आँखों के सामने मेरा बेटा स्कूल न जाए, नंग-धड़ंग बोंडा बनकर छोटा-सा धनुष-तीर लेकर चाँदमारी करता फिरे और मैं उफ़ तक न कर पाऊँ। क्या सज़ा थी मेरे लिए! ज़्यादा नज़दीकियाँ शो नहीं कर सकता था, जाना-जानी हो जाने पर मेरी नौकरी तक जा सकती थी। एक अजीब-सी खलिश थी, मँगरा को स्कूल तो जाना ही चाहिए।

"मैं शुकरा और सोमा की झोंपड़ी के सामने खड़ा था। दोनों नशे में चूर थे। मेरी दुविधा पर हो-होकर हँस पड़ा शुकरा, 'यहाँ स्कूल है ही कहाँ? पढ़ना-लिखना सीखने का तो यहाँ एक ही तरीक़ा है, मानुष मारे और जेल चला जाए। जेल में पढ़ने-लिखने का इन्तजाम है। लौटेगा तो पढ़कर निकलेगा।' मैं थर्रा गया, 'या ख़ुदा तालीम हासिल करने की इत्ती बड़ी क़ीमत!'

"मैं चौतरफ़ा अँधेरों से घिर गया। अँधेरा, अँधेरा, सिर्फ़ अँधेरा। ऐसे में एक दिन चोर बत्ती फिर जली। मैंने देखा, बाहर सोमा खड़ी है मँगरा के साथ।

"'क्या बात है, इत्ती रात गए इस वक़्त?'

"सोमा ने बताया कि मेरा बेटा आठ साल का हो गया है और वहाँ की रवायत के मुताबिक उसका किसी धाँगड़ी (जवान स्त्री) से विवाह हो जाएगा।

"'तुम इसे रोक नहीं सकतीं?' मैंने भर्राए गले से पूछा।

"'चाहती तो मैं भी नहीं कि इतनी कम उम्र में...लेकिन क्या करें।'

"'क्यों क्या मुश्किल है?'

"'वह सराप अभी तक उतरा नहीं है। बोंडा राजा कहते हैं कि अभी कुछ बरस और लगेंगे। उमर बढ़ गई और इसे धाँगड़ी न मिली तो...? एक माँ अपने बेटे का अमंगल कैसे सोच सकती है?'

"हज़ारों बार की दुहराई गई कहानी फिर दुहराई गई। मँगरा को एक सोलह साल की लड़की शुकरी ने इन्तख़ाब किया। सोमा ने उस रात जी भरकर सल्फी और हँड़िया पी थी और बोंडिनियों के साथ गलबहियाँ डालकर दिल खोलकर 'ढेक्सा' नाचा। बेटे-पतोह का अलग घर बसा दिया गया, सोमा के घर से नीचे थोड़ी दूर पर बाप की तरह मँगरा भी तीर-धनुष लेकर चूहे, गिलहरी, पंछियों के पीछे भागता फिरता। शुकरी शाम को लौटती तो उसे ढूँढ़कर ले आती, झरने में नहलाती-धुलाती फिर साँवा, कोदो, चावल, साग, कन्द जो भी जुट पाता, राँधकर साथ खाने के लिए बैठती। मँगरा कभी सोमा के कभी अपनी बीवी के सीने से दुबककर सो जाता, जवान शुकरी के अन्दर कोई लहर अँगड़ाई लेती और तड़पकर दम तोड़ देती?

"बेटे-पतोह की फ़िक्र में खोई रहती सोमा। मँगरा उसका मासूम बेटा था जो मानो शुकरी के घर पल रहा था। शुकरी उसकी सखी भी थी, पतोह भी। अभी वे बच्चे ही थे सो उनकी घर-गिरस्थी सँभालने मियाँ-बीवी साथ-साथ जाते।

"सोमा तो फिर भी अपने बेटे के क़रीब थी, लेकिन मैं...? वे नंगे पहाड़, जंगल से भरी वे घाटियाँ मुझे लगता, सचमुच मैं किसी घने जंगल में भटक गया हूँ। अँधेरे में कभी-कभी चोर बत्ती जलती, सोमा आती मगर सिर्फ़ यह कहने के लिए कि मैं किसी पसन्द की लड़की से शादी करके घर बसा लूँ फिर लौट जाती। मैं अँधेरों में उसकी बत्ती का जुगनू की तरह जलना-बुझना और गुम होना देखता रहता।'

"अपने मर्द को सोमा ने सालों अपने ढंग से पाल-पोसकर मर्द बनाया था, शौहर बनाया था सो जब भी उससे बोलती, न चाहते हुए भी उसमें किसी अनजाने हक की बू आ ही जाती। उधर शुकरा था उसमें सारी बन्दिशों से आज़ाद होने के अरमान मचलने लगे थे। धीरे-धीरे उसे पतोह के पास जाने में कुछ ज़्यादा ही रस आने लगा। पूछने पर हेकड़ी से जवाब देता। उसके मूँ से सल्फी की बास आती और बातों से किसी और ही बात की बू...। कुछ ज़्यादा ही परेशान रहने लगी थी सोमा। परेशानी की वजह थी उम्र। शुकरा और उसकी पतोह उम्र के लिहाज से बेहतर जोड़े बनते थे। पतोह अभी कमसिन थी, जबकि सोमा डोकरी, माने बूढ़ी, बनती जा रही थी। यह कोई ऐसी बात न थी वहाँ के लिए जिसके लिए ज़्यादा सर खपाया जाए मगर सोमा तो कुछ ज़्यादा ही परेशान हो रही थी। पता नहीं क्यों? मैं जब भी उसे देखता, उसका चेहरा उदास ही पाता। मगर मैं कर ही क्या सकता था। वक़्त मेरी मुट्ठी से फिसलकर कहीं दूर काँप रहा था रेगिस्तानी हवा की तरह? काँप रहे थे नंगे पहाड़, काँप रहे थे जंगल, काँप रही थी कायनात। एक दिन मैंने सोमा की वह तसवीर उसके सामने रख दी। वही तसवीर जिसे पहली मुलाक़ातों में मैंने कैमरे से खींची थी, 'पहचान हो सोमा, यह तुम थीं तुम।' फिर आईना उसके सामने कर दिया, 'और यह भी तुम हो तुम। सोचो, क्या हालत बना रखी है तुमने।' सोमा ने तसवीर और आईना दोनों को परे कर दिया। फिर सूनी आँखों से मेरे सूने कमरे को निहारने लगी। वह वही तसवीर

है जो फीकी पड़ गई है। चचा का इशारा उस बेचेहरे वाली तसवीर की ओर था। अचानक ही सारी धुँधली तसवीरों में रंग भर गए और वह सूना कमरा बोंडा प्रदेश बन गया था। जहाँ नंगे पहाड़ भी 'ढेक्सा' नाच रहे थे गलबहियाँ डाले, इनसान भी। सारा कुछ चलता-फिरता...उन सबके बीच से उभर रही थीं सोमा और मँगरा की तसवीर?"

"एक मिनट!" गुरमीत कौर ने टोका, "चचा ऐसी परम्पराओं की बुनावट सही है या ग़लत?"

"सही हो या ग़लत मगर डर का कोई रेशा ज़रूर है जो बिला वजह नहीं है, जिसके चलते शेफाली जी के लहजे में कहूँ तो कहना पड़ेगा कि उन्होंने अपने को गुफा में क़ैद कर रखा है। हज़ार-हज़ार किस्से वहाँ चलते हैं, एक क़िस्सा गुफा से भी ताल्लुक रखता है। बालि और सुग्रीव का। दोनों सगे भाई मगर एक गुफा के अन्दर, एक गुफा के बाहर। रामायन में तो बालि को मारे जाने से वो लड़ाई ख़त्म हो गई, मगर मुझे लगता है, वो लड़ाई आज भी चल रही है। दोनों के नाम पर वहाँ पहाड़ हैं, एक-दूसरे को ताकते हुए, एक मैदान भी है जहाँ दोनों भाइयों में लड़ाई हुई थी, मैं उस मैदान में चहलक़दमी करता हुआ बालि और सुग्रीव पहाड़ों के बारे में सोचा करता कि ख़ौफ़ की इस लड़ाई की इन्तहा कहाँ है। सन् सत्तर तक मैं वहाँ था, उस वक़्त तक भी सर्वे नहीं हो पाया था और सड़क तक बनने नहीं दी गई थी। डर ये था कि सड़क कहीं बन गई तो सड़क के रास्ते समन्दर आकर बोंडा की पहाड़ियों को और उन्हें निगल जाएगा और उन्हें ख़ुद को बचाए रखना इसलिए ज़रूरी है कि वे ही 'सिरिस्टी' के पहले औरत-मर्द या 'आदम-हौवा' हैं।" चचा तनिक ठमके फिर धीरे से स्वगत भाव से बुदबुदाए, "कहीं-न-कहीं मेरे जैसे शहरी शरीफज़ादों की दीवानगी भी एक समन्दर थी। न सोमा ने कोई सड़क बनने दी, न मैंने और उम्र तमाम हो गई।"

"फिर क्या हुआ?" मिस शेफाली ने पूछा।

"फिर...? एक सुबह देखता क्या हूँ कि दो बोंडा कन्धे पर कुछ उठाए चले आ रहे हैं पीछे-पीछे सोमा थी, मँगरा का हाथ पकड़े हुए। एक के कन्धे पर फावड़ा एक के कन्धे पर तीर-धनुष। पीछे कुछ और लोग थे। एक पतले से कपड़े से ढकी उस चीज़ पर मक्खियाँ भिनक रही थीं। कपड़े पर खैरी धब्बे थे?

"'ये क्या हैं?' मैंने पूछा।

"सोमा ने आगे बढ़कर कपड़े को हटा दिया और मुँह ढककर सिसक पड़ी। जो नज़ारा था, कि चिहुँककर मैं दो क़दम पीछे हट गया। उसके मर्द शुकरा की लाश थी दो टुकड़ों में बँटी हुई।

"जो मालूमात मैंने हासिल किये, उनके अनुसार सोमा के मना करने के बावजूद शुकरा का चोरी-छुपे पतोह से रिश्ता बना रहा। वाकये की रात सोमा का बेटा मँगरा सोमा के पास था। शाम से ही ज़ोरों का अन्धड़-तूफ़ान और बारिश। आसमान मानो फटकर ज़मीन पर आ जाने को आमादा था। ढलानों पर पानी बिल-बिलाकर उतर रहा था। सोमा को अपने मर्द शुकरा की याद आई, फिर याद आई पतोह की। क्या पता, इस तूफ़ानी बरसात में कहाँ होंगे बेचारे।...और कहीं पानी में बेटे की झोंपड़ी बह गई हो तो...? उसने फावड़ा उठाया, बेटे ने तीर-धनुष। टोह लेने चल पड़े दोनों, चोर बत्ती मरियल-सी रोशनी में भुक-भुक जल-बुझ रही थी।

"बेटे के घर जाकर देखा तो, उसका अन्दाज़ा सही था, झोंपड़ी बही तो नहीं थी, मगर पानी उसे घेर रहा था। उसने फावड़े से मिट्टी काटकर पानी के लिए रास्ता चौड़ा किया। बहू को कई आवाज़ें दीं, लेकिन कोई जवाब नहीं आया। सहमते-सहमते माँ-बेटे अन्दर गए तो चोर बत्ती के फीके उजाले में उसने जो देखा कि बदन में आग लग गई।

"सास की ललकार पर ससुर और पतोह हड़बड़ाकर उठे। दोनों सल्फी

के नशे में धुत्त। गाली-गलौज और तीखी ज़बान दोनों ओर से। लड़खड़ाते हुए शुकरा बढ़ा सोमा की ओर आज वह इस डोकरी की जान लेकर रहेगा। ऐसी मुश्किल भी न थी उसके लिए मर्द था। लेकिन तभी मँगरा का तीर छूटा और वह जानवर की तरह डकरने लगा।

"'यह तूने क्या किया बेटा?' सोमा चीख़ पड़ी विलाप में, 'अब तू चौदह साल तक जेल में सड़ेगा हाय!' और उसने फावड़ा उठा लिया...

"'मैंने ही इसे चुना था हाकिम!' सोमा ने भरे गले से कहा, 'और मैंने ही इसे काट डाला।'

"दो टुकड़े जैसे गुंजिस्ता और मौजूदा शुकरा के, जैसे बीवी और बहू के बीच फँसे आदमी के दो हिस्से।

"सोमा ने फावड़ा और मगरा ने तीर-धनुष सामने रखकर अपने-अपने हाथ मेरे आगे बढ़ा दिये। हाय रे मेरे नसीब!"

दास्तान सुनकर हम दोस्तों की आवाज़ को जैसे पाला मार गया। हमारे सामने जैसे सचमुच वफ़ा की लाश पड़ी थी—दो टुकड़ों में बँटी लाश!

"आप फिर कभी नहीं मिले उनसे?"

"मिला था जेल में, कई-कई बार। रिहाई के दिन भी गया था, पता चला दो महीने पहले ही रिहा कर दिया गया था उन्हें। फिर मुदलागुड़ी भी गया, वहाँ पहुँचे ही नहीं माँ-बेटे।"

"अरे! फिर गए कहाँ?"

"दो तरह की बातें सुनने में आईं; एक यह कि वे शहर चले गए, दूसरी यह कि बाघ खा गया उन्हें। जंगल के बाघ हों या शहर के, एक ही बात थी।"

"इसीलिए आप बीच-बीच में ग़ायब रहा करते थे?" गुरमीत कौर ने पूछा।

"और उन्हीं के ख़तों के लिए पोस्ट ऑफ़िस जाते हैं?" मैंने पूछा।

चचा ने सिर झुका लिया। सिर उठाया तो चेहरा आँसुओं से तर था।

"उसने डबडबाई आँखों से देखा था, बोली, 'तुम बहुत चाहते थे न कि बेटा पढ़-लिख जाए, गाँव में स्कूल कहाँ था? जेल में है। अब जेल से पढ़-लिखकर निकलेगा। डरने की कोई बात नहीं है हाकिम, हिफ़ाज़त के लिए मैं भी तो यहीं हूँ न!' उसके होंठ टेढ़े हो रहे थे। वह मुस्कराने की भरसक कोशिश किये जा रही थी, मगर आँसू थे कि थमने को नहीं आ रहे थे।"

चचा के आँसू भी थमने को नहीं आ रहे थे। आँसुओं से एक चेहरा ओझल हो रहा था उन्हीं आँसुओं से एक ओझल चेहरा साफ़ हो रहा था जैसे कोई नेगेटिव धुलता जाए...।

[रचनाकाल-2003, प्रकाशन वर्ष-2007]

डेढ़ सौ सालों की तनहाई

वे मुझसे डेढ़ दिन बाद मिल रहे थे, क़ायदे से देखा जाए तो डेढ़ सौ साल बाद। बायरन पार्क, जहाँ वे बैठे हुए थे, के ऐन बग़ल एक क़ब्रिस्तान था। किनारे-किनारे मेपल, एल्म के दरख़्त और धानी घास और गुलाब की बेशुमार झाड़ों से महमहाता पार्क और उसकी तुलना में प्राय: उजाड़-सा ग्रेवयार्ड। "मैं घास हूँ, मैं सबको ढक लूँगी," के दावे को ग़लत करते क़ब्रों के उभार दूर तक चले गए थे। पता नहीं, किस-किस की क़ब्रें रही होंगी—बूढ़े, बच्चे, स्त्री, पुरुष, योद्धा, वैज्ञानिक, लेखक, उद्योगपति, किसान या मजदूर...! जब तक ज़िन्दगी गुलाब है, झूमो, इठलाओ, महक जनकर पृथ्वी के ओर-छोर तक फैल जाओ; थक जाओ तो क़ब्रों में सो जाओ। तो क्या वे थककर बैठे थे पार्क और ग्रेवयार्ड की सन्धि पर? अगर अपने भारत की तरह ही लन्दन में भी गर्मियों के चार बजे सुबह का नीम अँधेरा छाया होता तो उनका इस तरह वहाँ बैठना एक वहम पैदा कर देता कि वे इन्हीं फैली हुई क़ब्रों में से निकलकर आ रहे थे या क़ब्र में जाने की तैयारी कर रहे थे।

क़द मध्यम, चेहरा गोरा मगर अंग्रेज़ों जैसा गोरा नहीं, पीला मगर मंगोलों जैसा नहीं, बाल घुँघराले, मगर नीग्रो जैसे नहीं। उम्र साठ के आसपास, आँखें अंग्रेज़ी, ठुड्डी चंगेजी, नाक काकेशियन...! कब कौन-सी धारा

किस धारा से मिली, कहाँ बिछड़ गई। जाते-जाते भी अपनी परछाइयाँ छोड़ गई। काई की तरह उन परछाइयों को हटा-हटाकर मैं झाँक रहा हूँ—ख़ुद से मिलते-जुलते किसी चेहरे को।

शर्मा मुझे सिर्फ़ दूर से दिखाकर चले गए थे, विधिवत परिचय बाद में कराया उस पार्टी में, "आपसे मिलिए, आप हैं मिस्टर रामजे!" उनके बारे में जो भी जानकारियाँ मिलीं, टुकड़े-टुकड़े जोड़कर देखा तो एक अस्पष्ट-सी आकृति ज़ेहन के कम्प्यूटर पर उभरती चली गई और 'रामजे' झरकर 'रामजी' बनकर रह गया।

बाबूजी बताते थे कि डेढ़ सौ साल पहले घर से भागे थे हमारे वंश के उनके पूर्वज। फिर बाद में भारत से गिरमिटिया मज़दूर बनकर उनके पूर्वजों में से एक रामचरन जी मॉरीशस गए थे। वहाँ गन्ने की खेती की, किसी क्रियोल लड़की से शादी की। उनके लड़के मोहन किसी बर्नेल साहब को इस क़दर भा गए कि दक्षिण अफ्रीका गए तो साथ लेते गए। तीसरी पीढ़ी वहीं जन्मी जो बाद में युगांडा आ गई। युगांडा में उनकी जीवनसंगिनी बनी हेलेन। हेलेन के पिता नीग्रो थे, माँ स्पेन की। चौथी या पाँचवीं पीढ़ी इतनी छाप-छूप लिये इंग्लैंड आई, फिर एक और यायावरी टोबैगो की, फिर वापस इंग्लैंड। रामजे साहब के पिता रोहन जी को इंग्लैंड में फिर मिली भारतीय मूल की औरत गौरी। इस तरह रामजे साहब छठी या सातवीं पीढ़ी के हुए। इतनी परतों के बाद भी भारत या सुलतानपुर कहीं-न-कहीं कलेजे में चस्पाँ अवश्य ही रह गया होगा, जभी तो मुझे खींच रहा था।

"मैं हिन्दी का लेखक यहाँ लन्दन में आपके मित्र शर्मा के यहाँ ठहरा हुआ हूँ और मूलतः सुलतानपुर का हूँ।" अभिवादन के साथ मैंने अपना परिचय दिया। उन्होंने एक खालिश लन्दनवासी की तरह चेहरे पर मुस्कराहट बटोरी और लन्दनवासी की तरह ही तटस्थ भी हो गए।

दूसरी मुलाक़ात सलमान साहब के घर पर हुई। पाकिस्तानी मूल के

लेखक थे सलमान साहब। उनके बाप-दादा लाहौर से गए हुए थे जिनकी स्मृतियों में अविभक्त हिन्दुस्तान बसता था। सलमान साहब ने यह 'एका' वहीं से इनहेरिट किया था, वैसे लन्दन में हिन्दुस्तान क्या और पाकिस्तान क्या! सभी दक्षिण एशियाई...दक्षिण एशियाई लेखक ही वहाँ समवेत हुए थे, दोस्ती के नाते रामजे साहब भी...! मैंने उस दक्षिण एशियाई वृत्त से धीरे से किनारा किया और रामजे साहब के पास आ गया, "और सर राम जी!"

"नो, काल मी ओनली रामजे!"

"सॉरी! सो रामजे, कैसे हैं?"

"फ़ाइन!" उन्होंने अंग्रेज़ी अदा में कन्धे उचकाए, इस तरह कि उन पर पड़ी सारी धूल झड़ जाए।

बातचीत के क्रम को आगे बढ़ाने के लिए मैं कोई उपयुक्त तरीक़ा ढूँढ़ रहा था, मगर इसका मौक़ा दिये बग़ैर उन्होंने अपना जाम उठाया और एक गोरी महिला की ओर बढ़ गए।

यह दूसरी बार था कि उन्होंने मुझसे अनात्मीय बर्ताव किया। ठेसुआ कर मैं खड़ा रह गया तनहा। दूसरे लेखकों से मिलता रहा लेकिन दिमाग़ में वही चढ़े रहे। सलमान साहब का उर्दू शायरी का गम्भीर विमर्श भी मुझे बाँध न सका। रामजे से अलग होते ही मुझे लगा कि रामजे का पीछा करना चाहिए। शर्मा से अपनी तकलीफ़ बताई तो उसका पंजाबी डैशीनेश उबल उठा। कार की ओर बढ़ते हुए रामजे साहब को उसने आगे बढ़कर घेरा, "मे वी हैव ए कप ऑफ़ कॉफ़ी विद यू सर?"

रामजे फिर ज़िन्दादिल हो उठे थे, "क्यों नहीं! कब आ रहे हैं?"

"सैटरडे मॉर्निंग!"

शनिवार सुबह आठ बजे शर्मा के साथ मैं रामजे साहब के घर गया तो कुत्ते की भौंक ने स्वागत किया। कॉफ़ी तो हाज़िर थी, लेकिन साहब नदारद! साहब की जगह साहब की स्लिप थी, "क्षमा करेंगे। अपनी बेटी

को सी ऑफ़ करने मुझे ऐन वक़्त पर विक्टोरिया जाना पड़ रहा है। एंज्वाय युओर कॉफ़ी!"

यह एंज्वायमेंट यानी कि एक प्याला कॉफ़ी और सैंडविच पेश कर रहा था उनका 18-20 साल का नौजवान गोरा लड़का, जिसने शर्मा से तो आत्मीयता से बात की लेकिन मुझसे बेगाना बना रहा। मेरे पूछने पर उसने अनिच्छा से ख़ुद को 'रोबिन' के रूप में इंट्रोड्यूस किया और मुझे बिलावजह अन्दर धँसने की इजाज़त दिये बग़ैर अपने एग्जाम का हवाला देकर बग़ल के रूम में जाकर क़ैद हो गया। अब हम थे और उनका घर था।

कमरे में गाढ़ा गुलाबी कार्पेट बिछा था, दीवारों पर हल्के गुलाबी वाल पेपर्स। दोनों ओर एक-एक आलमीरायुक्त शो केस। सामने स्टैंड पर टी.वी. सेट रखा हुआ था जिसके नीचे ऑडियो, वीडिओ कैसेट और सीडी पड़े थे। दीवारों पर दो पेंटिंग्स थीं। एक एलिजाबेथयुगीन लन्दन की, एक अन्य। पेंटिंग्स के बारे में अपनी कोई वाक़िफ़ियत नहीं। शर्मा ने किसी फ्रांसीसी चित्रकार का नाम लिया, जो मैं जल्द ही भूल गया। शो-केस में अच्छी जिल्दों में किताबें थीं मगर किताबों से ज़्यादा स्पेस 'एफिल टावर', 'टावर ब्रिज', 'स्टैच्यू ऑफ़ लिबर्टी', 'ताजमहल' की अनुकृतियाँ घेर रही थीं। एक ध्यानस्थ प्रतिमा भी थी, पता नहीं, शिव की या बुद्ध की। शर्मा ने बताया कि प्रतिमा रोहन जी अपने भारत भ्रमण के दौरान ले आए थे और ताजमहल को रामजे और उनकी पत्नी एनी अपने भारत भ्रमण के दौरान।

"मगर एनी जी हैं कहाँ? दिखीं नहीं!" मैंने शर्मा से पूछा।

"बाज़ार-वाज़ार, बैंक-वैंक गई होंगी। पच्चीसियों काम हैं जिन्हें ख़ुद ही करने होते हैं, भारत की तरह नौकर तो होते नहीं यहाँ।"

"विक्टोरिया भी जा सकती हैं, बेटी को सी-ऑफ़ करने।"

"मे बी। चलो रोहन जी से मिलकर वापस चलते हैं।"

"रोहन जी...?"

"अरे रामजे के बाप!"

"कहाँ?"

"बग़ल के कमरे में।"

उभरी हड्डियों, पनियाली आँखों, झूलते गोरे चामों और पके घुँघराले केशों वाले अस्सी-पचासी के रोहन जी, जो काउच पर बैठे थे या बिठाए गए थे। बाद में मैंने जब भी देखा, उसी काउच पर उसी मुद्रा में देखा। शर्मा ने जाकर उनके पाँव छुए। देखादेखी मैंने भी...रोहनलाल जी पक्षाघात के शिकार थे, साफ़ बोल नहीं पाए। शर्मा ने बताया कि रामजे की माँ ने काफ़ी पहले तलाक़ लेकर टोबैगो में अलग घर बसा लिया था, तब से अकेले हैं। भारत से रोहनलाल जी ही ज़्यादा जुड़े हुए थे और संयोग देखिए कि वे ही पैरालाइज़्ड हैं।

लन्दन के आम घरों की तरह यह घर भी शीत से बचने के लिए बाहर खोखली ईंटों से बना था, अन्दर काठ से। खिड़कियों पर छज्जे नहीं होने से वे सपाट दिख रही थीं।

दाईं ओर एक कुत्ता चेन से बँधा था, पता नहीं, किस नस्ल का और सामने छोटे-से लॉन में एक झूला पड़ा था। जिस पर बाद में भी किसी को झूलते मैंने कभी नहीं देखा।

लौटते वक़्त रॉबिन ने दरवाज़े पर खड़े होकर विदा किया हमें, कुल दस-पन्द्रह मिनट में लौट आए हम।

इंग्लैंड में हर किसी को खुली हवा में साँस लेने की इजाज़त है लेकिन किसी का भी किसी के रास्ते में आने या ज़्यादा रुचि लेने का गावदीपना नहीं चलता, शर्मा ने यह मुझे अच्छी तरह समझा दिया था।

अगला दिन भी रविवार होने के नाते छुट्टी का दिन था। शर्मा ने बताया कि रामजे साहब का फ़ोन आया था। ख़ुद ही आ रहे हैं पाँच मिनट में। पाँच मिनट बीतते-न बीतते बाहर कार के पार्क करने और कुत्ते के भूँकने

की आवाज़ हुई। देखा तो फाटक खोलकर रामजे साहब झुके-झुके चले आ रहे थे।

"कोई तकलीफ़ है आपको?" मैंने टोका।

"कमर में दर्द। मेडिकल चेकअप के लिए जाना है।"

"पिछले महीने भी तो आपने कराया था।" शर्मा ने पूछा।

"दवा खाता हूँ तो आराम रहता है, फिर जैसा का तैसा।"

"क्षमा करें, आपने एलोपैथी के अलावा भी कुछ ट्राइ किया था?" मैंने पूछा।

उन्होंने मेरे सवाल को नज़रअन्दाज़ करते हुए कल अपनी अनुपस्थिति के लिए ख़ेद प्रकट किया, "मुझे याद ही नहीं था कि रोज़ी को कल ही जाना था। एनी वे, आप लोगों को कोई ज़्यादा तकलीफ़ तो नहीं हुई?"

"तकलीफ़ की बात तो है ही।" शर्मा अपने हँसमुख अन्दाज़ में बोल उठे।

"क्या?"

"आपकी सेहत।"

"डॉक्टर के सिवा इसे कौन ठीक कर सकता है?"

"मैं कोशिश करूँ?" मुझे बातचीत में घुसने का मौक़ा फिर मिल गया था, "मुझे भी दर्द रहा करता था कमर में, आसन से ठीक हो गया।"

"फिजियोथेरेपी से? वो मैं कर चुका हूँ।" वे फिर मुझे एवायड करने लगे।

"एक बार इनका नुस्खा भी तो आजमाकर देख लीजिए।" शर्मा ने कहा।

मैंने वहीं कार्पेट पर थोड़ी स्पेस बनाई और भुजंग आसन, धनुरासन, गोमुखासन, अर्द्ध-मत्स्येन्द्रासन और कुछ पीटीज करके दिखाए। "आप एक बार ख़ुद ट्राइ कीजिए तो।"

थोड़ी हिचकिचाहट के बाद वे तैयार हो गए।

भुजंग आसन से शुरू किया उन्होंने। कमर पर ज़ोर पड़ा।

"स्पाइनल कॉर्ड सीधा रहे और ईजी। नो जर्क! ईजी! ईजी!..."

आश्चर्य वे दूसरे दिन भी आए। तीसरे दिन उन्होंने ख़ुद मुझसे अपने घर चलने का इसरार किया। मिसेज शर्मा ने शर्मा को धीरे से चिकोटी काटी। शर्मा मुस्कराए।

वही तिकोनी छत, खोखली ईंटों का घर, बाहर सूना पड़ा झूला, अन्दर वही मद्धम गुलाबी वाल पेपर्स जिनका रंग नीचे कार्पेट तक आते-आते संघनित होकर गाढ़ा गुलाबी हो गया था। वही आलमीरा-कम-रैक, वही किताबें, वही सारा कुछ। तीन दिनों में कुछ भी नहीं बदला था। फ़र्क़ अगर कहीं था तो यह कि तब रोबिन था, अब रामजे दम्पती, तब यह घर मेरे प्रति बेरुख़ा था, अब अपेक्षाकृत नरम? दरकी हुई लाल गोराईवाली मध्यम क़द की प्रौढ़ा श्रीमती एनी एप्रॉन बाँधे आ-जा रही थीं। उनसे अंग्रेज़ी में बस अभिवादन और परिचय-भर की संक्षिप्त-सी बातचीत। बारमुडा पहने रामजे साहब वैक्यूम क्लीनर से कमरे की सफ़ाई कर रहे थे। बीस मिनट में काम सलटाकर आ गए और कार्पेट पर मेरी देख-रेख में आसन करने लगे। आते वक़्त मैंने उन्हें पेट साफ़ करने के लिए सुबह-सुबह गुनगुने पानी के भरपूर इस्तेमाल की सलाह दी और आसन करने के पहले बॉडी को मॉर्निंग वॉक से वार्म कर लेने की हिदायत भी।

ज़्यादा समय नहीं था हमारे पास लेकिन उसी संक्षिप्त अवधि में ही उनका भरोसा जग गया मेरे नुस्खे पर और मुझ पर भी।

वह सातवाँ दिन था जब वे मुझे अपनी कार में थियेटर छोड़ने आ रहे थे। कार में मद्धम सुर में गीत बज रहा था—मेरे देश में निकला होगा चाँद...! कार उनकी पत्नी एनी ड्राइव कर रही थीं।

"मिस्टर रामजे!"

"यस!" उनकी मुँदी पुतलियाँ खुल गईं और त्योरियाँ चढ़ गईं।

"आप जब आँखें मूँद लेते हैं तो आपको अपने देश का चाँद दिखाई पड़ता है?"

रामजे साहब की आँखें मुझ पर टिक गईं, "कहाँ का चाँद—लन्दन का?"

"ना।"

"युगांडा का?"

"ना।"

"साउथ अफ्रीका, टोबैगा, मॉरीशस का...?"

"इंडिया का, मेरा मतलब इंडिया के उस गाँव के चाँद से है, जिसको कभी आपके एनसेस्टर्स बिलांग करते थे।"

"इनफ़ैक्ट, नो।"

हालाँकि वे गर्मियों के दिन थे, फिर भी तापमान 12 डिग्री सेंटीग्रेड था, शाम के साढ़े सात बज रहे थे फिर भी शाम होने में अभी तीन घंटे बाक़ी थे, उसी तर्ज पर यह भी कहा जा सकता था कि हालाँकि वे भारतवंशी थे फिर भी अभारतीय थे।

टेम्स पार कर रहे थे हम। नुकीला पार्लियामेंट किसी मध्ययुगीन योद्धा-सा खड़ा था, 'लंडन-आई' का बड़ा-सा छल्ला टेम्स की नाक पर झूल रहा था। यह 'वाटरलू' आ गया। 'यूरो स्टार' द्रुतगामी ट्रेन का इंजन थोड़ी ऊँचाई पर खड़ा था। 'इंगलिश चैनल' के नीचे-नीचे भूगर्भ सुरंग लन्दन से पेरिस को जोड़ती है। दोनों ओर से सुरंग खोदी गई थी, ऊपर समुद्र की तमाम आवर्जनाओं, अवरोधों को धता बताते हुए सहस्त्रों वर्षों की शत्रुता को भेदकर दोनों पक्षों ने आख़िरी दीवार तोड़कर हाथ मिलाए थे और यहाँ...? मैं अपनी ही जड़ों से पूरी तरह नहीं जुड़ पा रहा था। और क्या विडम्बना कि जबकि हमारे, उनके बीच सारे तन्तु, सारे सेतु टूटे हुए थे तो फिर हमारे और उनके बीच वह क्या था जो उन्हें मुझसे क्षीण धागे से जोड़ रहा था—कमर का दर्द?

"आपकी वाटर थेरेपी तो कमाल की चीज़ है। वर्षों से मैं कांस्टिपेशन का मरीज़ रहा। चार ही दिन में...जो काम लम्बे-लम्बे ट्रीटमेंट और कोस्टली

दवाएँ न कर सकीं, वह इतने सस्ते में...?" रामजे ने कहा।

"ग़रीब देश है मेरा, नुस्खा भी उसी स्तर का। वैसे आप अगर भारत कभी आएँ तो वहाँ बिहार के मुंगेर में 'इंटरनेशनल योगा इन्स्टीट्यूट' है।" मैं उत्साहित था।

"ये कहाँ है?"

"अपने सुलतानपुर से ज़्यादा दूर नहीं है, वैसे, सुलतानपुर तो आप गए ही होंगे?"

चुप हो गए वे। उनकी चुप्पी मुझे आशंकित करने लगी, कहीं चिढ़ न जाएँ...लेकिन नहीं, मूड अच्छा था, इस बार बोले तो जैसे वर्क उलट गया हो, "दो बार मैं वहाँ हो आया हूँ। पहली बार डैड लिवा गए थे। मैं छोटा था—इतना बड़ा।" उन्होंने हाथ के इशारे से जो क़द बताया वह आठ-दस साल के लड़के का था।

"वो याद नहीं पूरी तरह से। हाँ, दूसरी बार एनी की ज़िद पर, *'चलो तुम्हारे रूट्स देखते हैं'*, वो याद है।"

"उफ़, ट्रेन की वो भीड़...ढेर सारी बदहाली के बाद, क्या बोलते हैं, हाँ इक्का—तो इक्के पर गाँव पहुँचे तो सारा गाँव जुट आया देखने—मुझे कम, एनी को ज़्यादा, ऐज इफ इट वाज समथिंग स्पेशल एंड एम्यूजिंग फॉर देम!...बट इट वाज ए ब्लंडर, मुझे नहीं जाना चाहिए था। वहाँ जाने पर मुझे अनुभव हुआ।"

"क्यों सर?"

"वो इस तरह कि..." वे ठमक गए जैसे अभी भी कोई झिझक उन्हें रोक रही थी, फिर कुछ सोचकर बोले, "शर्मा ने बताया ही होगा कि किस तरह वर्षों पहले हमारे एनसेस्टर्स क्या कहते हैं..."

"पूर्वज!"

"हाँ, हमारे पूर्वज इंडिया से बांडेड लेबरर बनकर मॉरीशस गए थे।"

"जी!" मेरा दिल ज़ोरों से धड़क उठा, जिस भटके हुए सूत्र को पकड़ने के लिए मैं लगातार कवायदें करता रहा, उसे वे ख़ुद मेरे हवाले कर रहे थे।

"मैंने अपने डैड और ग्रैंड फ़ादर से सुना है, बहुत पावर्टी और ऑप्रेशन था।"

"जी।"

"बट, हमारे चले आने के बाद परिवार के कुछ लोग बाहर गए, अर्न किया और कुछ प्रॉपर्टी जोड़ी। वो प्रॉपर्टी हमारे लोगों के नाम पर भी चढ़ी, ज्वाइंट फैमिली थी। अब जब कि डेढ़ सौ साल बाद मैं वहाँ एनी के साथ गया तो इतने दिनों में डेढ़ सौ टुकड़े हो गए थे और ये टुकड़े आपस में लड़ते-झगड़ते रहते थे—गाँव के पुराने दुश्मनों से भी, ख़ुद आपस में भी...! बट वन थिंग वाज कॉमन इन देम-फीयर! डर! सारे ही डर रहे थे कि कहीं मैं अपनी प्रॉपर्टी क्लेम न कर बैठूँ। या दूसरे फैक्शंस से मिलकर कोई कांस्पिरेशी न कर बैठूँ।" उन्होंने एक गहरी साँस ली, कुछ देर तक चुप रहे, फिर बोले, 'दूसरी प्रॉब्लम कास्ट की! जो भी आता एनी के बारे में सवाल करता, 'किस जाति की है? सुना है, विलायत में भारतीयों को भंगिन या धोबन ही नसीब होती हैं।' कोई कहता, 'क्रिस्तान है और क्रिस्तान में जैसे बड़ी जात वैसे छोटी। सारे ही गाय और सूअर का मांस खाते हैं।'"

एनी तक ये बातें मैं न पहुँचने देता लेकिन एक दूसरी ही घटना हो गई। गाँव की एक औरत अस्पताल से सिर्फ़ इसलिए भाग आई कि उसके बेड के बग़ल किसी लोअर कास्ट की लेडी का बेड था।

एक परिवार में एक लड़की की शादी थी। एनी की बड़ी इच्छा थी कि वह शादी देखकर जाएगी। इसी बीच वह जयपुर, आगरा वग़ैरह हो लेगी...बट, एक दिन लड़की की माँ आई, बोली, "रिश्ते में मैं तुम्हारी भाभी लगूँगी। मेरी बेटी की शादी है, परसों इंगेजमेंट है। यह यहाँ रहेगी तो मुझे डर है, शादी टूट जाएगी।"

मैं स्टंड रह गया।

"बनारस में पढ़नेवाले परिवार के लड़कों के लिए एनी का होना एक 'प्राइड' था, गाँव के अपर कास्टवालों के लिए एक मैलिस और इस सो काल्ड भाभी के लिए या लड़केवालों के लिए कलंक! बट द फियर वाज देयर लोइंग जस्ट लाइक ए कॉमेट!"

मैं ख़ुद की उत्तेजना को बार-बार बताने से रोक रहा था कि बनारस में पढ़ने वाला वह लड़का मैं ही था। वे अपनी रौ में बोले जा रहे थे, "उस डर की वजह भी थी। वो एक कंजर्वेटिव और आर्थोडॉक्स सोसायटी थी, क्या पता किस कास्ट की हो, बीफ भी खाती होगी, 'पोर्क' भी...टायलेट जाने के बाद पानी से धोती न होगी, काग़ज़ से पोंछ लेती होगी...लाइक दिस एंड दैट! तो पुरानी पीढ़ी का फीयर और नई पीढ़ी के प्राइड दोनों जिस प्वाइंट पर आकर मिलते हैं, डिप्रेशन और सुपीरियरिटी कॉम्प्लेक्स जहाँ टकराते हैं, मैं और एनी उस मुकाम पर खड़े थे। एक हारी हुई कौम आत्मनिरीक्षण करना नहीं चाहती, सिर्फ़ जीतना चाहती है, किसी भी तरह और वह भी फ़ौरन। ढोंग और अज्ञानता पर पलती बदहाल कौम ख़ुद को क्या कहते हैं...द मोस्ट सुपीरियर?"

"श्रेष्ठतम?"

"हाँ श्रेष्ठतम सिद्ध करने की सुइसाइडल मूर्खता पर कायम है, ईवेन टुडे!"

"फिर क्या किया आपने?"

"करता क्या? लौट आया लीविंग काउडांग एंड डांग ब्लेंडेड ट्रैडीशंस, देयर फीयर, देयर यूरिन, स्टूल, डर्टी वाटर, डर्टी ड्रेस एंड आल देयर सैवेजनेस!"

"सीजन कौन-सा था?"

"मत पूछो, यही! चिली समर, फोर्टी सिक्स डिग्री सेंटीग्रेड।"

"आम पक रहे होंगे?"

"ओह याद आया, उसके लिए भी एक वार लड़ी गई। द थर्ड वर्ल्ड वार ऑफ़ द थर्ड वर्ल्ड! वैसे यहाँ आम कौन खाता है, अपने टोबैगो में भी यूँ ही पक-पककर गिरे रहते थे सड़कों के किनारे!"

"लैट्रीन जाने में दिक़्क़त हुई होगी?"

"ओ यस!" उनकी आँखें चढ़ गईं, "मैंने तो किसी तरह मैनेज कर लिया, बट एनी को ज़रूर तकलीफ़ हुई। खुले में लैट्रीन! एक दिन उसे एक साँप दिख गया। अब, यू नो, साँप तो यहाँ होते नहीं, साँप तो उसने सिर्फ़ ज़ू में देखे थे या फिर पिक्चर्स और फ़िल्मों में, डरकर भाग आई। फिर एक दिन एक मोर दिख गया और वो पंख फैलाकर नाच रहा था।" उन्होंने हाथ से अर्द्धवृत्त बनाया, "उसे एंजॉय करना चाहिए था, बट डर गई। बाद में नाचते हुए मोर को क्लिक करने के लिए जंगल-जंगल भागती फिरी, बट दोबारा उसे नाचता हुआ मोर नहीं मिला।"

कुत्ता भौंक उठा। रामजे ने खिड़की से देखा, "ओह देखो बातों-बातों में मैं भूल ही गया कि रोज़ी आ रही है, साथ में फ्रेडरिक भी है, तुम्हीं से ख़ास मिलने।" और वे चले गए कुत्ते को सँभालने। मैंने देखा श्रीमती एनी और रोबिन के साथ एक गौरांगी युवती चली आ रही थी जो रामजे की बेटी रोज़ी होगी और एक लम्बा-सा सुदर्शन युवक जिसे फ्रेडरिक होना चाहिए।

परिचय कराने के बाद रामजे उनसे मुख़ातिब हुए, "एक-एक कप कॉफ़ी चलेगी?"

"चलेगी, लेकिन आप रहने दीजिए, हम कर लेंगे।" रोज़ी ने अंग्रेज़ी में उत्तर दिया।

"अरे मैं बनाऊँगा, देखती नहीं, मेरी उम्र दस साल कम हो गई है।" कहकर वे किचेन में जा घुसे।

कमरे में उस वक़्त मैं और फ्रेडरिक भर रह गए। मैं तनिक असहज

हो रहा था। फ्रेडरिक ने मुझे उबार लिया, "आपको जानकर आश्चर्य होगा कि मैं आपको आपकी बुक्स से काफ़ी कुछ जानता हूँ। चेहरे से भी, बुक्स में फ़ोटो थे, उनसे।"

"वाक़ई सरप्राइजिंग है यह तो।" मेरा तनाव टूटने लगा।

"मेरी एक प्रॉब्लम है, सलमान और शर्मा ने बताया कि आपसे बेटर कोई नहीं मिलेगा डिस्कस करने को। आइए न ज़रा झूले के पास चलते हैं।"

हम झूले तक आए। उसने उसे धीरे से झुला दिया और बोला, "आपसे एक पर्सनल बात पूछनी है।"

"पूछिए।"

"मेरे फोरफादर्स भी इंडिया को बिलांग करते थे।"

"वाह क्या बात है!" 'इंडिया' पर मैंने दोबारा हाथ मिलाए, वह थोड़ी देर तक झूलते हुए झूले को यूँ ही देखता रहा फिर बोला, "मैं टोबैगो में रहता हूँ। रोज़ी से कोर्टशिप चल रही है।"

"यह तो ख़ुशी की बात है।"

"वो तो है लेकिन मुझे बताया गया कि..." वह फिर अटकने लगा था।

"हाँ-हाँ कहिए।"

"कि मेरे फोरफादर्स 'समार' थे। आप राइटर हैं, इंडिया से हैं, सोचा कि जान लूँ कि यह 'समार' क्या होता है।"

"समार...? कहीं यह 'चमार' तो नहीं?"

"ओ यस, दैट मे बी!"

"ठीक है तो...?"

"जानना चाहता हूँ कि यह 'समार' या 'चमार' इफ इट हैपेन्स सो, कौन लोग होते हैं—उनका सोशल स्टेटस क्या है इंडिया में। प्रेमचन्द के लिटरेचर में तो..."

"पहले वैसा ही था। लेकिन अब काफ़ी कुछ बदलाव आ गया है। डॉ.

अम्बेडकर, जगजीवन राम...बहुत से रेस्पेक्टेबुल लोग हुए हैं, इवेन नाउ, कई तो मिनिस्टर्स भी हैं, वैसे लोअर लेवल पर..."

उसे जितना चुनना था, उसने चुन लिया। मेरी बात को बीच से ही काटते हुए बोला, "आपने मुझे एक बड़ी उलझन से उबार लिया।" उसने झूले को ज़ोर से झुला दिया और अन्दर भागा।

सैंडविच खाते-खाते कॉफ़ी सिप करते उसने कौवे की तरह कई बार गर्दन मोड़ी और नृत्य की मुद्रा में हल्के-हल्के थिरकता रहा। सबसे मिलने के बाद वह एक बार फिर मुझसे मिला, "सर आपने मेरी एक बहुत बड़ी प्रॉब्लम सॉल्व कर दी। मैं बता नहीं सकता कि मुझे कितना बल मिला। मैं तो समझता था कि...आय मस्ट कम टू इंडिया। मैं इंडिया ज़रूर आऊँगा अब!"

किब्ल इसके कि मैं बात को थोड़ा और साफ़ कर पाता उसने मुर्ग़े की तरह अपनी गर्दन फुलाई और अपनी मोटरसाइकिल पर बैठकर सूँऽऽऽ!

लेकिन वह ठहर ही जाता तो क्या मैं बात को पूरी तरह साफ़ कर पाता? फ्रेडरिक अपने पूर्वजों को भारत में जहाँ छोड़ आया था, वहाँ से आज कितनी दूरियाँ तय कर आया है—वर्षों की नहीं, सदियों की दूरी! वे पहचान पाएँगे इसे या यह पहचान पाएगा उन्हें?

मेरी दुविधा झूले पर झूलती रह गई। उसकी आँखों में वही भाव था जो पीठ के दर्द से मुक्ति के समय रामजे के चेहरे पर था।

इस बीच रामजे साहब का पूरा परिवार गर्मी की छुट्टियाँ मनाने कंट्रीसाइड चला गया। मेरे प्रवास की अवधि ख़त्म होने को आ रही थी। अगले सप्ताह मुझे लौट जाना था। अभी तक क़ायदे से उन्हें टटोल भी न पाया था, ज़मीन बननी शुरू ही हुई थी कि तारतम्य टूट गया। ऐसे में एक दिन उनका फ़ोन आया, "मैं यहाँ सेंट अलबांस से बोल रहा हूँ। इंग्लैंड की आत्मा को देखना हो तो चले आओ।"

'मेट्रो' से वहाँ पहुँचा तो स्टेशन पर ख़ुद रिसीव करने आए थे। पानी बरसकर थम चुका था। हवा में कुछ ज़्यादा ही ठंडक थी। शाम को वे कैथेड्रल के शेषान्त में स्थित एक पब में बैठते थे। अभी नौ ही बजे थे। चारों ओर हरियाली के सैलाब में एक शान्त तपस्वी की तरह खड़ा था कैथेड्रल। ऊँची-नीची धरती, ऊँचे-ऊँचे पेड़। बादलों से अटा पड़ा आकाश। घास पर पानी की बूँदें, रेशमी उजाला, मखमली अँधेरा। शायद साहिर की पंक्तियाँ हैं। इतनी गहरी शान्ति थी कि यह एहसास तक लुप्त हो जाए कि इसी से थोड़ी दूर पर लन्दन का सदागुलजार महानगर है, जहाँ ऑक्सफोर्ड स्ट्रीट, ट्राफलगर स्क्वायर और टेम्स के साउथ प्वाइंट के थियेटर्स में भीड़ होगी, सो-हो की रूपजीवाएँ ग्राहकों के लिए सज रही होंगी, बकिंघम पैलेस से लेकर हाइड पार्क और विक्टोरिया। सारी गलियाँ उमड़ रही होंगी, प्रपात की तरह नीचे 'मेट्रो' में गिर रही होंगी, दूर-दूर बह रही होंगी। एक आधुनिक और सुसंस्कृत दुनिया से दूर जीवन यहाँ अपने आदिम और प्रकृत अवस्था में था। सामने लेक था, लेक में तैरती हुई बतख़ें और सन्नाटे में तैरते हुए हम।

अचानक धूप झलकी। पीली चाँदनी जैसी धूप! यह देर से अस्त होनेवाले सूरज की धूप थी जो उनके चेहरे पर पुत रही थी। रोमन आक्रमण काल की ढहती चहारदीवारियाँ, टीले सब पर चमकती धूप और उनके सामने उनका पीलेपन में नहाया चेहरा, पीछे, बहुत-बहुत पीछे का कालखंड चमक रहा था जैसे।

मेरे अपने हिसाब से उन्हें मेरा चाचा होना चाहिए था या भाई। उस एकान्त पब में अकेले जाम लिये बैठे थे। सदियों पुराना पब भी उन्हीं की तरह वीरान हो रहा था, इतना वीरान कि हम दोनों अपनी साँसों और कपड़ों की सरसराहटों तक को सुन सकते थे। रोमन अवशेष, झील, बतख़ें, हरियाली अब अँधेरे में डिजॉल्व होते जा रहे थे लेकिन यह भी इतना धीरे-धीरे हो रहा

था जैसे जीवन बीता जाए और बीतने का अहसास न हो।

उनका जाम रीत चुका था। ख़ाली जाम में पता नहीं क्या देख रहे थे।

"परसों मैं वापस जा रहा हूँ।" मैंने चुप्पी की काई में ढेला फेंका।

"हूँ!" फिर वही चुप्पी।

"आपकी कमर का दर्द अब कैसा है?"

"ठीक है।"

"तो भारत कब आ रहे हैं?"

जवाब में फिर वही चुप्पी। रात कहूँ या शाम, साढ़े ग्यारह बज चुके थे। आकाश में चाँद उग आया था शायद। सहसा उन्होंने अपने झुके चेहरे को उठाया।

कोई फ़ोन कॉल था। उन्होंने मोबाइल निकाल लिया। सम्बोधन से मैंने जाना कि रोज़ी का था। उनकी गोपनीयता के लिए मैं वहाँ से हट गया। लौटा तो उनके चेहरे पर की गम्भीरता कुछ और गाढ़ी हो आई थी। रोज़ी की ज़िन्दगी से जुड़ी निश्चय ही कोई ऐसी बात होगी जो उन्हें अप्रिय लगी होगी। क्या हो सकती है वह बात? कहीं ऐसा तो नहीं कि रोज़ी का फ्रेडरिक से मिलना उन्हें नापसन्द था। कुछ भी पूछना उनकी निजता में सेंध लगाने जैसा था और वह ख़ासा ख़तरनाक हो सकता था।

अचानक मुझे याद आया, रामजे साहब की या दूर तक खींचूँ तो हमारी उस वंश वेलि में लड़कियों के इतिहास का कोई ज़िक्र नहीं है, कहाँ गई, किस हाल में हैं।

आसमान में बादलों के बीच ज़रा-सा चाँद का चेहरा झलका। रामजे ने चाँद को देखा और चेहरा झुका लिया। सहसा उन्होंने अपने झुके चेहरे को उठाया। चितकबरी छायाओं का तिलिस्म सरसराया, तुमने उस दिन पूछा था न, मेरे देश में निकला होगा चाँद...? दरअसल इन बादलों में अब कहीं का चाँद दिखाई नहीं देता। सारे परिचय फ़ना हो गए। मुझ तक जो थोड़ा-बहुत

बचा है, वह भी फ़ना हो जाएगा। हम जलकुम्भियाँ हैं, जलकुम्भियाँ! जड़ें टटोलने चलते हैं तो नीचे ज़मीन नहीं मिलती। धाराओं में बह रहे हैं। किस घाट जाकर लगेंगे, कितने दिन—कुछ पता नहीं। यू नो, हवा की पेटियों, ओसेन करेंट्स और सरफेस मूवमेंट्स की तरह ही जातियों का भी एक प्रवाह है, चलता रहता है। मेरी आँखों में कोई ख़ास देश नहीं बसता, एक... वो क्या कहते हैं, हाँ बियाबान चिलचिलाता है। मरीचिका की तरह कभी कुछ उतराता है, कभी कुछ...सब कुछ हेजी, धुँधला! तुम्हारी हिन्दी में एक राइटर है, राजेन्द्र यादव, उनका एक नॉवेल है 'उखड़े हुए लोग' हम वही हैं। इनफ़ैक्ट हम सब वही हैं।

हम अब कैथेड्रल के बग़ल की चढ़ाई धीरे-धीरे चढ़ रहे थे। शायद वे हाँफ रहे थे। दम लेने को रुके। चर्च की घंटियों ने एक-एक कर बारह बजाए जैसे कोई स्वर टंकार अँधेरे से उभरे और डूब जाए। "फार हूम द बेल्स टॉल?" मैंने धीरे से कहा।

उन्होंने कोई प्रतिक्रिया न व्यक्त की। अपनी मुरझाती चमकवाली आँखों से पीछे छूट रही आधी रात की प्रगाढ़ शान्ति को देखा, "मैं यहाँ क्यों आता हूँ, मालूम है, यहाँ एक ही साथ मैं वर्तमान में भी होता हूँ, अतीत में भी। एक अजीब-सी तनहाई है जो मेरे अन्दर कहीं बजती रहती है। क्या, क्यों, कैसी—नहीं जानता, बट, यहाँ आते ही अन्दर से उछलकर बाहर फैल जाती है और मैं उसे एंजॉय करने लगता हूँ।" अब वे चल पड़े थे। कार के पास रुककर जाने क्या सोचने लगे, फिर बोले, "एक और बात मैं बताना भूल गया था अपने एनसेस्टर्स के बारे में। वहाँ से मैं लौट रहा था तो एनी ने हैरान होकर पूछा था, 'तो ये थे तुम्हारे रूट्स?' मैं कोई भी जवाब देने की स्थिति में नहीं था। क्या पता, कहाँ थे, मेरे रूट्स! मेरा ख़याल है, आदमी को अपनी जड़ें नहीं देखनी चाहिए। पता नहीं कहाँ-कहाँ से जीवन-रस सोख रही हों वे...तब से न उसने कभी पूछा, न मैंने कि किसकी जड़ कहाँ है।"

और दूसरे दिन मैं वहाँ से लौट आया, बिना यह बताए कि हमारे और उनके रूट्स अलग-अलग नहीं, एक ही हैं, बिना यह पूछे कि रिश्ते में वे मेरे क्या लगते हैं, बिना यह टटोले कि वे अपनी जड़ों की ओर लौटना चाहेंगे या नहीं...

[रचनाकाल-2003, प्रकाशन वर्ष-2007]

मैं चोर हूँ, मुझ पर थूको

उसके हिसाब से सारा कुछ क़ायदे से फ़िल्मा लिया गया था...दूर से आती हुई मालगाड़ी की क्रमशः तेज़ होती हेड लाइट, सिग्नल को लाल देखकर गाड़ी की रफ़्तार का धीमा होते-होते रुक जाना, सिल-तोड़ी करनेवाले आपराधिक गिरोह का धावा बोलना, ड्यूटी पर मुस्तैद सशस्त्र रेलवे पुलिस के हवलदार कुन्दन सिंह की ललकार, फ़ायरिंग, जवाबी फ़ायरिंग और बम विस्फोट और पुलिस के जवानों का जान पर खेलकर एक-एक अपराधी को धर दबोचना तथा लूट के माल को वापस रेलवे गोदाम में रखवा देना। लेकिन उसकी सारी सूझ-बूझ और मेहनत तब अकारथ चली गई, जब पी.आर.ओ. द्विवेदी साहब ने फ़िल्म देखकर मुँह बिचका दिया।

"आप कितने दिनों से डॉक्यूमेंटरी फ़िल्में बना रहे हैं?" वे दबे कंठ से गुर्रा उठे।

"सर, कुछ छूट गया हो, तो बताएँ, हम फिर से..." वह हकला उठा।

"इसमें चेहरा कहाँ है, चेहरा? कहाँ है वह देशभक्ति, कर्तव्यपरायणता, नैतिकता, जो एक पुलिस के जवान के चेहरे से टपकती है। और कहाँ है वह शैतानियत, कमीनापन और मक्कारी, जो अपराधियों के चेहरों पर ख़ुदी होती है?"

"सर, ये सारे शाट्स लांग शाट्स हैं, इसलिए..."

"क्यों हैं लांग शाट्स? क्लोज शाट्स लेने से आपको किसने मना किया था?"

"सर, वो ऐसा है कि साहब ने कहा था कि पुलिस के जवान और अपराधी वास्तविक जीवन में भी पुलिस के जवान और अपराधी हैं और डॉक्यूमेंटरी तो फ़ैक्ट्स पर होती है, दोनों के कंट्रास्ट में ही ये गड़बड़...।"

द्विवेदी जी तनिक ढीले पड़े, फिर अपने आसपास बैठे लोगों की ओर एक नज़र डालकर बोले, "लेकिन कुछ दृश्य तो क्लोज शॉट्स में होने चाहिए थे न!"

"बिलकुल!" कई कंठ समर्थन में खुल गए।

"किस तरह के क्लोज शॉट्स होने चाहिए सर, ज़रा आप हिंट दे सकते, तो..." घबराहट और दयनीयता में उसका हर वाक्य अधूरा हो रहा था।

"क्यों, आपको नहीं लगता कि यह वृत्तचित्र अभी अधूरा है?"

"जी-जी।"

"यह जीजी और जीजा क्या लगा रखे हो!" द्विवेदी जी की झल्लाहट भरी गाली पर भी उसका दिमाग़ न खुला, तो उन्होंने ख़ुलासा कर देना ही उचित समझा, "अरे इसमें हम कहाँ हैं, हम?"

"आप?"

"हाँ हम। मेरा मतलब है, मंत्री जी और ऑफ़िसर्स। आप क्या समझते हो, यह बच्चोंवाला चोर-सिपाही का खेल खेल दिया और बस...? अमा, ये पूरी-की-पूरी एक मशीनरी है—ऊपर से नीचे तक। प्रधानमंत्री, ज़रूरी हो तो राष्ट्रपति भी, फिर मंत्री का दौरा, मीटिंग और वक्तव्य। मंत्री दौरा करेंगे, मीटिंग करेंगे, वक्तव्य देंगे, फिर हमारी मीटिंग होगी, पॉलिसी बनेगी—'ऐंटी वैगन ब्रेकिंग ड्राइव' की, तब जाकर न कहीं हवलदार कुन्दन सिंह धावा बोलेंगे

सिलतोड़वों पर। चोर पकड़े जाएँगे और चोरी रुकेगी। समझे? इस तरह पूरा होगा वृत्तचित्र का वृत्त!"

वह गिरगिट की तरह मुंडी हिलाता रहा और अपने लागत, परिश्रम और आय का हिसाब-किताब बैठाते-बैठाते पस्त होता रहा। द्विवेदी साहब के भाषण से भीगकर उसके पंख भारी होने लगे थे।

"लेकिन सर, प्रधानमंत्री का वक्तव्य?" उसने जैसे पंख झाड़े।

"आप क्या समझते हो, वे इस टुटपुँजिया फ़िल्म के लिए शॉट देने आएँगे!"

"जी, मेरा मतलब वो नहीं था।"

"मतलब हम ख़ूब समझते हैं डायरेक्टर साहब! आप सोच रहे हैं, लागत ज़्यादा पड़ जाएगी न! अरे कुछ ख़र्च-वर्च करो, हम चुटकियों में सारा मसला हल किये देते हैं—हींग लगे न फिटकरी, फिर भी रंग चोखा!"

"जी, इस वक़्त तो आप ही हमें उबार सकते हैं।" वह गिड़गिड़ाया।

द्विवेदी जी ने एक आशय भरी मुस्कराहट से अपने साथ बैठे लोगों को तृप्त किया, फिर बोले, "प्रधानमंत्री रोज़ ही टी.वी. पर देशोद्धार और गद्दारों, आतंकवादियों आदि के ख़िलाफ़ बोलते रहते हैं, मजमा जुटाकर। वहीं कहीं से फिट बैठनेवाला वक्तव्य काट लो। अभी कल पन्द्रह अगस्त है, कल उनको बोलना ही है, और बोलेंगे, तो इन चीज़ों को उसमें आना ही है।"

"समझ गया सर!"

"एनी प्रॉब्लम?"

"नो सर! प्रधानमंत्री का काम तो निबट जाएगा, लेकिन मंत्री महादेय!"

"हाँ, मंत्री महोदय!" द्विवेदी जी ने एक गहरी साँस ली, फिर उठ खड़े हुए। अलमारी खोलकर उन्होंने एक कैसेट निकाला, "एक साल पहले मंत्री

जी ने इधर का दौरा किया था, तब का वीडियो कैसेट है, लेकिन इसका मीटिंगवाला पोर्शन डैमेज्ड है।"

उसके सामने से जैसे भरी थाली हटा ली गई हो, "तब सर?"

"ये आपके काम आ सकता है," कहकर द्विवेदी जी ने एक टेप रिकॉर्डर का कैसेट निकाला। फिर उन्होंने टेप रिकॉर्डर का प्लग स्विच बोर्ड से लगाकर कैसेट को प्लेयर में घुसा दिया। मंत्री की आवाज़ गूँजने लगी, "रेलवे राष्ट्र की सम्पत्ति है। हम एक-एक पैसे के लिए राष्ट्र और जनता के प्रति जवाबदेह हैं। अफ़सोस की बात यह है कि हमारी रेलों को जो लाभ होना चाहिए, वह कुछ आपराधिक तत्त्वों के कारण नहीं हो पाता, मसलन सिलतोड़ी को ही लें। करोड़ों रुपये की सम्पत्ति इनके ज़रिए चुरा ली जाती है, जिसकी भरपाई हमें करनी पड़ती है। अगर इन्हें रोका न गया तो...ना मैंने सिग्नल देखा, ना तूने सिग्नल देखा, एक्सीडेंट हो गया..."

पिट की आवाज़ के साथ टेप बन्द हो गया। द्विवेदी तनिक झेंपते हुए कुरमुराए, "ये साले आजकल के लड़के, जो न कराएँ!"

"चलने दीजिए, चलने दीजिए द्विवेदी जी!" एक व्यक्ति ने कहा, तो द्विवेदी जी ने आँखें तरेरीं, फिर उस प्रसंग को बाईपास करने के उद्देश्य से बोले, "मेरा ख़याल है, 'अगर इसे रोका न गया तो...' इस वाक्य को छोड़ भी दें, तो भी स्टेटमेंट पर्याप्त है, क्यों?" फिर इस आशंका से कि कहीं कोई मीन-मेख न निकालने बैठे, उन्होंने बात की पटरी बदल दी, "अब कहिए, डायरेक्टर साहब, इससे आप चला लेंगे ना!"

"यह तो बड़े काम की चीज़ आपने सुनाई सर। लेकिन इसे इनक्लूड करने में थोड़ी दिक़्क़त हो सकती है।"

"दिक़्क़त...?"

"सर वो ऐसा है कि मंत्री जी का चेहरा या व्यू भी तो आना चाहिए।"

"वीडियो कैसेट से उतना तो आप निकाल ही सकते हैं।"

"इन संवादों के ही अन्दाज़ में उनके होंठ भी हिलने चाहिए, चेहरे का एक्सटेंशन भी..."

"हूँऽऽऽ!" द्विवेदी जी ने एक लम्बी हुँकारी भरी और टेबुल पर तीन ताल बजाने लगे। अचानक ताल रोककर उन्होंने बैल की तरह मुंडी हिलाई और नज़रें उस पर टेक दीं, "आप शूटिंग के इन्तज़ाम कितनी देर में कर सकते हैं?"

"जी, एक घंटे में।"

"तो जाइए, लग जाइए, एक घंटे में यहाँ आ जाइए।" और उनकी उँगलियाँ फ़ोन के डायल पर घूमने लगीं।

पता नहीं, एक घंटे में क्या गुल खिलनेवाला था? उसने ख़ुद पर लानतें भेजीं, इतनी महत्त्वपूर्ण बातें उसे पहले क्यों न सूझीं। आख़िर तो है यह प्रचार-माध्यम ही और उसने एक सिरे से ही उन हस्तियों को बाद दे दिया था, जिनसे उसे पैसे मिलने थे। उसे लगा, शूटिंग तो अब शुरू होगी। अब तक तो उनकी कास्टिंग-भर शूट की जा सकी थी।

जैसे-तैसे उसने अपने बिखरे सहयोगियों को इकट्ठा किया और एक घंटा बीतते-बीतते अपने कैमरे-वैमरे के साथ मीटिंग हॉल में आ पहुँचा। द्विवेदी जी स्वयं उसे लिवा आने आए, तो उसने देखा, उनकी जिल्द बदल चुकी थी। यही क्यों, मीटिंग हॉल में सचमुच की मीटिंग का दृश्य भी उपस्थित था। द्विवेदी जी ने उसे चकित पाकर कहा, "घबराओ नहीं, पुलिस और चोरों की तरह ये अफ़सर भी रियल हैं। बहरहाल बीचवाली ख़ाली कुर्सी मंत्री जी के लिए है। आप उन्हें पहचान तो लोगे ही?"

"जी!"

"वो देखो, मंत्री जी ही हैं, या और कोई?"

उसे काटो तो ख़ून नहीं। मीटिंग हॉल में जो सज्जन प्रवेश कर रहे

थे, वे हूबहू मंत्री जी के हमशक्ल थे। उसे भ्रम हुआ, कहीं वह सपना तो नहीं देख रहा है। वही रईसी चाल, अफ़सरों का उनकी संवर्धना में वैसे ही अनुगत भाव से उठकर खड़ा होना, उनका बीच की कुर्सी पर उसी शान से जाकर बैठना।

"आप तैयार हैं न!" द्विवेदी जी ने उसे जैसे सोते से जगाया।

"जी...जी!"

"तो उनका सन्देश शुरू करवाएँ...। रोशनी!"

कैमरा चालू हुआ। मंत्री जी का संवाद टेप पर बजने लगा, "रेलवे राष्ट्र की सम्पत्ति है...हम एक-एक पैसे कि लिए राष्ट्र और इसकी जनता के प्रति जवाबदेह हैं..."

इस क्लोज शॉट के बाद एक-दो क्लोज शॉट 'ऐंटी वैगन ब्रेकिंग ड्राइव' की मीटिंग के भी लिये गए, जिनमें हर अफ़सर मूर्तिमान पैगम्बर नज़र आता था। देशप्रेम, कर्तव्यपरायणता और नैतिकता से लबालब!

शूटिंग के बाद उसका 'मंत्री जी' से परिचय कराया गया, "आप हैं सेठ राघोमल जी! ट्रेन में भी लोग धोखा खा जाते हैं कि कहीं सचमुच ही तो मंत्री जी सरप्राइज विज़िट नहीं दे रहे।"

उसका मुँह आश्चर्य से खुला रह गया, "वाक़ई आप तो..."

"यार, आप हर डायलॉग अपनी फ़िल्म की तरह अधूरा बोलते हो।" द्विवेदी जी ने लताड़ा, तो उसकी चेतना वापस लौटी, "सर, अब तो अधूरी नहीं रही फ़िल्म?"

"बस हो गई...?"

"वो प्रधानमंत्री का सन्देश कल जोड़ लेंगे बस?"

उसकी समझ में न आया कि अब क्या बाक़ी रह गया। द्विवेदी जी ने उस पर तरस खाती नज़रें फेंकीं, "अमा, कहा नहीं, प्रधानमंत्री से लेकर यहाँ तक तो सिर्फ़ आधी दुनिया ही बनती है। अभी तो आपको आधी दुनिया

के बाक़ी हिस्सों को भी फ़िल्माना है—हबीब मियाँ की बस्ती!"

उसे लगा, वह मंज़िल को जितना क़रीब समझ रहा था, अभी वह उतनी ही दूर थी।

"हबीब मियाँ?" इस बेताल प्रश्न को बूझने की असफल कोशिश में उसकी आँखें सिकुड़कर छोटी हो गईं।

"अरे वही क्रिमिनल्स!"

"क्रिमिनल्स!" उसके रोंगटे खड़े हो गए।

"हाँ, हैं तो क्रिमिनल्स ही, लेकिन घबराने जैसी कोई बात नहीं है। वो अपना हवलदार सिंह है न? अरे वही कुन्दन सिंह, आपकी फ़िल्म का हीरो, उससे मिलो आप-सब ठीक कर देगा। याद रखो, कुछ अन्तरंग शॉट्स चाहिए फ़िल्म में—उनकी मक्कारी, कमीनगी वग़ैरह के। कल पन्द्रह अगस्त है, उसके बाद मिलिए हमसे।"

हवलदार कुन्दन सिंह किसी झगड़े को सलटाने में व्यस्त थे, लेकिन उसे देखते ही ख़ुश हो गए, "अरे ए माखन, ज़रा एक कुर्सी ले आओ तो।"

"आप अभी कुछ ज़्यादा ही व्यस्त हैं क्या?" उसने पूछा।

"अरे नहीं भाई, वो ज़रा ड्यूटी का बँटवारा था। कल पन्द्रह अगस्त है, परेड में कोई जाना नहीं चाहता, सबको ड्यूटी चाहिए।"

"वह भी तो देश का ही काम है। बल्कि परेड से भी ज़रूरी है।"

"लेकिन इसे सरकार समझे, तब न! यहाँ तो लड़े सिपाही, नाम हो हवलदार का!" हवलदार पर तनिक गड़बड़ाकर वे फिर सध गए, "हाँ, आप बताइए, हमको तो मूतने तक का फ़ुरसत नहीं है।"

"मुझे हबीब मियाँ की बस्ती में जाना है।" संक्षेप में उसने द्विवेदी जी की हिदायत और अपना प्रयोजन कह सुनाया।

"अरे, तो उसमें का है!" वे चटपट अपना ढीला पैंट ऊपर सरकाते हुए उठ खड़े हुए, लेकिन दूसरे ही पल पाँव पकड़कर बैठ गए, "ए डायरेक्टर

साहब, हमरा तो गोड़वे मुरुक गया है।"

"मुरुक गया...माने मोच...?"

"हाँ जी। काल्ह दौड़ा दिये न आप। हमरा खेयाल नहीं पड़ा, बीच में एक ठो नाली था, उसी में गोड़ चला गया।"

"हीरो बनिएगा और दौड़ने की आदत हइये नहीं।" किसी ने फ़ब्ती कसी।

कुन्दन सिंह ने आँखें तरेरीं, फिर उसकी ओर देखकर लाचारी व्यक्त की, "आप अकेले नहीं जा सकते?"

"जा क्यों नहीं सकता, लेकिन...सुना है, ये बड़े ख़तरनाक होते हैं।" उसने अपना भय स्पष्ट कर दिया।

"कोच्छ ख़तरनाक नहीं साहब। वहाँ हमारा राज चलता है हमारा। कोई साला हमारे इशारे के बिना चूँ भी कर दे, तो जानें!"

"फिर भी कोई साथ रहता, तो..." वह कुन्दन सिंह की बात में डूबते-उतराते बोल पड़ा।

"माखन!" कुन्दन सिंह ने वहीं से आवाज़ दी, "ई साहेब को नाश्ता करवाओ और उसके बाद हबीब मियाँ के पास पहुँचा आओ। बोलना, हम भेजे हैं, कोई तकलीफ़ न हो।"

सिपाही माखनराम के साथ वह यार्ड के फैलाव को पार कर हबीब मियाँ की बस्ती में पहुँचा, तो शाम गहराने लगी थी। बस्ती क्या थी, कूड़े-कचरे का घर था। शायद उत्तर की शरीफ रेल कॉलोनी का सारा गन्दा पानी इधर से ही बहता था, जिससे कई छोटे-छोटे डबरे बने हुए थे, जो तलपटनियों और बेहया से भरे पड़े थे। सड़ांध की एक भीनी-भीनी बू उसके नथुनों में भरने लगी। इसी गन्दगी पर जहाँ-तहाँ ढलान और ऊँचाइयों पर उग आए थे कुछ टपरे। एक मालगाड़ी का डिब्बा तिरछे धँसा पड़ा था, कचरे में। माखन ने बताया कि इसी डब्बे में रहते हैं, बस्ती के सरदार हबीब मियाँ।

"लेकिन वे हैं कहाँ?"

"वो वहाँ...?" माखन की उँगली एक टीले पर उठ रह थी, जहाँ सात-आठ मैले-कुचैले लोग ताश या जुए में रमे थे।

"ये वहीं जुआ खेलते रहते हैं, वहाँ से कोई भी आती या जाती रेलगाड़ी पर नज़र रखते हैं।"

"एक शॉट इसका ले लेना भी उचित होगा।" उसने मन-ही-मन तय कर लिया, लेकिन वह तो बाद में, एक शाट लायक दृश्य अभी उसके सामने था।

गधे पर सवार एक मुंडित किशोर लड़का उस तरफ़ से बस्ती के बीचोबीच आकर रुका और उसे देखने को सारी बस्ती निकल आई। पुरुषों में बूढ़ों की संख्या ज़्यादा थी, जवान कम थे। औरतों में लड़कियों की तादाद कुछ अधिक थी, बाक़ी बच्चे थे—शोर मचाते हुए।

"अरे तेरा बरवा का हुआ रे...?" एक लड़की ने पूछा।

"अरे वो हमको पकड़े न!"

"कौन?"

"अरे वोई सेठ लोग!"

"काहे पकड़े?"

"एक शराबी का जेब से दू रुपैया झलक रहा था, हमको लालच लग गया, निकालने लगे, पकड़ा गए।"

"फिर...?"

"फिर हमको खम्भा में बाँधा। नाऊ बुला के बार बनवा दिया सफाचट।"

"चल, ऐसे कोई नाऊ पाँच रुपैया देने पर भी बार काटने को तैयार न होता।"

"फिर टीका लगाया, माला पहनाया और गदहा पे बैठा के सारा शहर घुमाया।"

"अरे तू सारा शहर घूम आया?" कई लड़कों ने उसे ईर्ष्या भरी नज़रों से देखा।

"मारा-पीटा भी...?"

"अह!" हाथ से झाड़ दिया इस सवाल को लड़के ने, "ऊ छोड़ो! हमहू बोले, जा बेट्टा! अपुन भी बन गया आज हीरो—स्मगलर का सरदार।"

"ले साला! ई भी गया काम से! अब दूसरे देश के बैंक में पैसा रखेगा।" एक बूढ़े ने ठिठोली की।

गधे से उतर आया लड़का। सुपरस्टार स्टाइल में शान से लम्बे-लम्बे डग भरता हुआ बूढ़े के पास आया और भारी आवाज़ में बोला, "बार तो विदेशी बैंक में जमा कर आया चाचा।"

उसके सफल अभिनय की दाद में ज़ोरों से सीटियाँ बज उठीं।

"अरे, ए हीरो का बाप, ई गले में को-चीज़ का सैनबोर्ड है रे?" एक साँवली औरत ने गले की दफ़्ती को देखते हुए पूछा।

"अरे एइ तो माला है, जो सब सेठ लोग हमको पहनाया।"

"एकरा में तो कुछ लिखा हुआ है।" औरत ने माखनराम से कहा, "ए सिपाही जी, देखिए तो, का लिखा है!"

माखनराम ने दफ़्ती का प्रशस्ति-पत्र पढ़ा, "मैं चोर हूँ, मुझ पर थूको!"

लड़कों को यह इतना मनोरंजक लगा कि उन्होंने इसे दोहराते हुए दफ़्ती को हवा में उछाल दिया। यह एक कोरस था, जिसकी ताल पर किसी ने अपनी टोपी हवा में उछाल दी, किसी ने चप्पल, किसी-किसी ने अपनी क़मीज़ और चड्ढी भी खोलकर उछाल दी और नंगे हो गए। इस ख़ुशी में गधा भी हिपों-हिपों करता हुआ भाग चला।

"अबे का हुआ रे?" एक आवाज़ वहीं से गुर्राती हुई क़रीब आई।

"फ़िल्म!" किसी बच्चे ने कहा और बाघ को देखकर जैसे हिरण कुलाँच मारकर भाग निकलते हैं, सब-के-सब एक-दो-तीन हो गए।

हबीब मियाँ उसे देखते ही पहचान गए, "डैरिक्टर साहब, जा स्साला! हम तो समझे, लड़के मज़ाक़ कर रहे थे, लेकिन यहाँ तो सचमुच की फिलम बन रही है।" फिर अचानक ही 'फ़िलम' उनके सिर पर सवार हो गई, गब्बरी अन्दाज़ में बोले, "गौरमिंट हम पर कितना इनाम रखे हुए है रे—पचास हज़ार! पूरे पचास हज़ार!" डायलॉग को अधूरा छोड़कर आप-ही-आप पर हँस पड़े, "आइए, आइए डैरिक्टर साहब, हमारे दौलतखाने में तशरीफ रखिए—वो आए घर में मेरे जान ख़ुदा की कुदरत, कभी हम उनको, कभी अपने घर को देखते हैं।"

उसकी कल्पना के हबीब मियाँ का ख़ौफ़ झर चुका था। इसके साथ ही उसे एक विचित्रता का एहसास हुआ—द्विवेदी का चेहरा तनिक स्याह कर दें, तो कुन्दन सिंह बन जाएँगे और कुन्दन सिंह का चेहरा तनिक स्याह कर दें, तो हबीब मियाँ। लेकिन चरित्र और आत्मीयता के लिहाज से यह क्रम उलटा करना पड़ेगा। हबीब मियाँ ने लुंगी उलटकर बाँध रखी थी, जैसे हर पल अभियान के लिए तैयार हों।

"बड़ी ख़ुशी हुई आपसे मिलकर। यह जानकर और भी कि आप शायर भी हैं।"

"जी नहीं, सिर्फ़ चोर हूँ, क्यों भैया माखनराम जी, आप लोगों ने कितना इनाम रखवा छोड़ा है मेरे सिर पर...?" माखन को असुविधा हो रही थी, वह इजाज़त माँगकर खिसकने लगा।

हबीब चाचा, मैं ज़रा आपकी बस्ती देखने आया हूँ।" माखन के जाने पर उसने कहा।

"लाहौल बिला कूवत! हम साले यहीं पड़े-पड़े बुढ़ा गए, एक लमहे को भी ये ख़याल न आया कि ये बस्ती इतनी ऊँची चीज़ है कि लोग देखने भी आ सकते हैं लेकिन वाक़ई सही फ़रमाया आपने। यह बस्ती देखने की चीज़ हुई है। देश जो है, वो इस यार्ड तक आते-आते ख़त्म हो जाता है,

मैं जिस आलीशान महल में रहता हूँ, वह डिब्बा रेल के रजिस्टर से जिस तरह गुम है उसी तरह यह बस्ती देश के रजिस्टर से। होंगे कहीं परधानमंतरी वगैरा, लेकिन है हम तो बस हवलदार कुन्दन सिंह को जानते हैं। इन्हीं के रहम-ओ-करम पे आबाद हैं।" ये बोलते जा रहे थे और टपरे-दर-टपरे आगे बढ़ते जा रहे थे।

उसने ग़ौर किया कि पूरी बस्ती पर अकिंचनता का साया है। उसमें हर काम के लोग थे और खिचड़ी भाषा उनकी सम्पर्क भाषा थी। औरतों व बच्चों के केश रूखे थे, जिन्हें वे खभर-खभर नोच रहे थे। चारों तरफ़ गन्दगी और दरिद्रता का आलम था, जो उनके चोरी के पेशे को देखते हुए एक हैरतअंगेज़ बात थी।

"आप लोगों की हालत तो अच्छी नहीं!" अपनी धुन में बहे जा रहे हबीब मियाँ को सवाल से एकाएक ठेस लगी।

"तेल तक मयस्सर नहीं? सबके बाल रूखे हो रहे हैं।"

"वो..." हँसकर उड़ा दिया हबीब मियाँ ने उसके सवाल को, "जिस दिन सील तोड़ने पर तेल के टिन मिल जाते हैं न, एक-एक नाक बन्द कर उसमें डुबकी लगा लेता है।"

एक मालगाड़ी यार्ड में आकर रुकी और हबीब मियाँ ने शेर की तरह अलस भाव से गरदन मोड़ी, फिर दबे कंठ से बोले, "अरे सरफराज, रामजग, कल्लू, भैंस आकर खूँटे पर लग गई। अभी रँभाने लगेगी और मामा गाली देता हुआ यहाँ चला आएगा।"

यार्ड की धुँधली रोशनी में कुछ साए मालगाड़ी की ओर बढ़ गए।

"तुम नहीं चलोगे?" कोई सवाल अँधेरे में कौंधा।

"एक मेहमान आ गया है भाई।" कहकर उन्होंने सवाल का समाधान कर दिया। अब वे डिब्बे की ओर लौट रहे थे।

"यहाँ हर मालगाड़ी आकर रुक जाती है?"

"क़रीब-क़रीब! आउटर सिग्नल है ना!" हबीब मियाँ किसी गूढ़ार्थ पर हँस पड़े, "भैंस काहे रँभाती है—कहती है, आओ मुझे दूहो।"

"गोया कि आप हुए दूहनेवाले।"

"हाँ, एक तरह से दूहनेवाले भी, पाड़े भी।"

"फिर भी आप लोगों की हालत...?"

"हमारा काम है, दूध उतार देना। इसी में एक-आध घूँट मिल गया चोरी-चुप्पे, तो मिल गया। दूध पीनेवाले और इसका रोज़गार करनेवाले और हैं।"

डिब्बे में उन्होंने लालटेन ढूँढ़कर जलाई, फिर एक चीकट-सा बिछावन झाड़कर बिछा दिया, ऊपर से एक चादर, "खाना-वाना यहीं ले आएँ या..."

"मैं खाकर आया हूँ चचा, स्टेशन से ही।"

"झूठ मत बोलो।"

"झूठ नहीं, सिपाही माखनराम से पूछ लीजिए।"

"चलो, तब एक फ़िक्र दूर हुई।"

"आपके बाल-बच्चे कहाँ रहते हैं?"

"बाल-बच्चे!" हबीब मियाँ ने एक लम्बी साँस ली और डिब्बे के कटे अंश से बाहर के भूतले आलम को देखने लगे। फिर बोले, "बीवी थी, वो एक सिपाही के साथ भाग गई। एक लड़का था, जिसे छोड़ गई। कुतबन वोई लड़का जिसका सिर मुँड़ा हुआ है।" इसके आगे ज़बान जड़ हो गई हबीब की।

"आप मिले भी नहीं उससे! एक हादसा हो गया है उसके साथ।"

"हादसा! उसका तो होना ही हादसा है मेरे लिए डैरिक्टर साब! मैं तो चार किताब पढ़-लिख के इस दोजख में आया था, उसका तो जन्म ही इस दोजख में हुआ है। हमेशा फिलम की बात करता रहता है। मुझसे भी बड़ा सिलतोड़वा निकलेगा एक दिन।" थोड़ी देर तक अँधेरे में घूरते रहे, फिर दारू की बोतल निकाल लाए, "चलेगी?"

"जी नहीं, माफ़ करें, मैं तो पीता ही नहीं।"

हबीब मियाँ अपने-आप में इस क़दर खो चुके थे कि दोबारा इसरार उन्होंने नहीं किया। वे पीते रहे और उसका दम इस माहौल में घुटता रहा। उस पर आदर्शवादी भावुकता हावी होने लगी। सहसा वह उठकर बैठ गया, बोला, "आप यहाँ से भाग क्यों नहीं जाते चाचा?"

"कहाँ भाग जाएँ? हर जगह तो एक कुन्दन सिंह कुन्दा लेकर खड़ा है। एक बार फँस जाओ...सिर्फ़ एक बार! फिर कुछ भी आसान नहीं रह जाता—न जीना, न मरना!" वे अक्षर-अक्षर घसीटते हुए बैल की तरह जूम रहे थे। अचानक उनका जूमना थम गया। उन्होंने शेर की तरह अलस भाव से उसकी ओर देखा और उनकी नज़रें जम गईं। उन नज़रों में ऐसा कुछ था कि वह दहशत से भर उठा। यह अपने शिकार पर छलाँग लगाने के पूर्व शेर की आख़िरी चितवन थी। इसके पहले कि वह सँभल पाता, उन्होंने छलाँग लगा दी। "तू हमको मरवाएगा क्या? तू है कौन नसीहत फेंकनेवाला?" वे उसके सीने पर चढ़ बैठे थे और फुफकार रहे थे—सड़ी बदबू की फुफकार, "स्साला! कित्ती हमदर्दी है ऐह? हम तेरे को पहचान गए हैं। पहले फोटो खींचा, अब चाहता है कि सब बक दें।"

"नहीं चाचा, मैं तो..."

"चोप! हम एक-एक को जानता—एक-एक को। सब साले चोर हैं, या बुजदिल। आगे बढ़ा के पीछे हट जाएँगे। आँख नहीं है किसी की? सबको पता है कि कहाँ, क्या हो रहा है। पता नहीं है?"

"जी, जी पता है।"

"लेकिन कोई कुच्छ नहीं करनेवाला। जो करेगा, गोली खाएगा। गोली खाएगा या नहीं।"

"जी, जी!"

"फिर तू ऐसा बात काहे बोला?" वे कॉलर पकड़कर झकझोरने लगे।

आवाज़ इतनी कर्कश और तेज़ कि बाहर से कुछ लोग दौड़ पड़े। कइयों ने मिलकर उसे छुड़ाया और हबीब मियाँ को भला-बुरा कहते हुए ठेलते-घसीटते बाहर ले गए।

एकरा पे तो महावीरवा का जिन्न आ गया है। अरे तू लोग को लौकता नईं है।" एक औरत ने हबीब को घूरते हुए कहा।

"महवीरवा का जिन्न? हाय अल्ला! दुहाई हनुमान स्वामी!"

बस्ती में खलबली मच गई, "अरे कोई सिपाही से हवलदार साहब को ख़बर करवाओ, जल्दी से।"

"नहीं," एक बुज़ुर्ग ने प्रतिवाद किया, "तुम लोग भीड़ हटाओ तो। पहले हमको टराई कर लेने दो...।" और वे हबीब मियाँ का जिन्न उतारने का उपक्रम करने लगे।

उसने देखा, यही मौक़ा है, अभी भी यहाँ से भाग नहीं जाता, तो रही-सही दुर्गति भी पूरी हो जाएगी। दबे पाँव वह डिब्बे से निकला ही था कि सामने कुतबन का मुंडित सिर...! उसकी रूह फ़ना हो गई।

"अभी ठीक हो जाएँगे, आप चलकर आराम कीजिए" प्यार और आदर के बोल भी उसमें दहशत पैदा कर रहे थे।

"नहीं, मुझको लौटना भी तो है।"

"उँह! सुबै चले जाइएगा डैरिक्टर साहेब? अब्बा से बिना मिले गए, तो बहोत गाली देंगे हम सबको।"

"मिल तो लिया उनसे।"

"कहाँ मिले...? अरे ऊ तो आप महावीर के जिन्न से मिले थे। कोई कुछ बोल-वोल दिया होगा। आप तो नहीं न बोले उनको कुछ?"

"मैं...ना तो...!" वह सकपका गया।

"हाँ, नहीं बोलना चाहिए...खासकर ऊ बात-ठो!"

"कौन बात...?"

"चलिए पहले डिब्बा में लेट जाइए, तब बताते हैं।"

लाचार होकर उसे फिर से डिब्बे में लौटना पड़ा। कुतबन बताने लगा, "ई महावीर ठो नामी सिलतोड़वा था। पहलवान था पहलवान, अब्बा जैसा डेढ़ हड्डी का नहीं। कैसे जो चट से सील तोड़ता, वोई जानता था। एक दिन जाने का उसका मन में आया, बोला, आज से ई काम नहीं करेंगे। हवलदार से लेकर बस्ती तक का लोग बहुत समझाए, लेकिन ऊ नहीं माना। आख़िर में सिरफ आख़िरी बार के लिए राजी हुआ। बस, हुँवइ सूट कर दिया पुलिस का सिपाही। उसी का जिन्न जब-तब अब्बा पे आता है तो ई हो उलटा-सीधा बकने लगते हैं। आ कि सोचिए, डैंजरवाला बात है कि नईं। ई तो अच्छा है कि जास्ती देरी तक नहीं रहता जिन्न... ख़ैर, आप भूत-परेत का बात में मैंड मत फेल कीजिए, जाइए, हम देखते हैं।"

"तुम...?"

"...अरे आपका खातिर तो हम बाप तो बाप, जिन्न से भी लड़ सकते हैं। डैरिक्टर साहेब।" कुतबन शेखी में गरदन ऐंठने लगा। वह करवट बदलकर लेट गया। कुतबन अपना बखान बाँचता रहा कि फ़िलम के लिए वह क्या-क्या करतब कर सकता है। फिर उसकी शरमाई आवाज़ उसकी क़मीज़ खींचने लगी, "एक बार हमको भी चानस दे के देखिए न सर?"

अजीब सांसत की रात थी वह। वह जब-जब गरदन मोड़कर देखता, कुतबन के मुंडित मनहूस सिर को यमदूत-सा दरवाज़े पर तैनात पाता। रात-भर यार्ड से गुज़रनेवाली गाड़ियाँ 'खट्टर-खट्ट खट-खट खट्टर-खट्ट' करती हुई उसके सीने पर गुज़रती प्रतीत होती रहीं। आख़िरी दुःस्वप्न में उसे लगा, वह अफ्रीका के जंगलों में टीसी-ठीसी मक्खियों से घिर गया है। वहाँ से उछला तो सीधे एवरेस्ट पर। वहाँ दम घुटने लगा तो कूद पड़ा, गिरा मृत सागर में, जहाँ न वह मर पा रहा था, न जी पा रहा था।

"सोते ही रहोगे डैरिक्टर साहब! दिशा-फराकत नहीं जाना?" हबीब

मियाँ की आवाज़ दुःस्वप्न को चीरते हुए आई। वह हड़बड़ाकर उठ गया। देखा, तो कुतबन मूर्च्छित नायक-सा दरवाज़े पर उठँगा पड़ा है, सामने हबीब मियाँ सलाम कर रहे हैं, "रात की गुस्ताखी के लिए शर्मिन्दा हूँ। अब से कान पकड़ता हूँ, वैसा नहीं होगा।" और वे सचमुच कान पकड़कर उठ-बैठ करने लगे।

"अरे, अरे, ये क्या चाचा..." उसने दौड़कर उन्हें रोका।

"माफ़ कर दिया न तुमने?" वे कभी आप, कभी तुम, पहले की तरह ही बोल रहे थे।

"आपने किया ही क्या था?"

"पहले बोलो, माफ़ किया या नहीं!"

"चलिए, माफ़ किया।"

"हाँ, अब बताते हैं रात का क़िस्सा..." उन्होंने बताया कि रात को अपने धन्धे में कई बार उनकी मुलाक़ात महावीर से हो चुकी है। कई बार तो उन्होंने डाँटकर भगा दिया, लेकिन ज़रा-सा गाफिल पड़ते ही वह साला चढ़ बैठता है। आगे उन्होंने यह भी बताया कि जब से बस्ती के सरदार वे हुए हैं, चारों ओर अमन-चैन है।

यार्ड की एक चमकती पटरी को देखकर उन्होंने कहा, "यहीं बैठ जाइए।"

"यहाँ?" वह हकलाया, मगर उन्होंने जवाब देने के बजाय अपने लिए जगह तलाशनी शुरू की और अभी वह निबटान के लिए बैठा ही था कि वे स्वयं सामनेवाली पटरी पर बैठकर निश्चिन्ततापूर्वक निबटने लगे। वह बुरी तरह झेंप गया। मगर हबीब मियाँ को इससे कोई फ़र्क़ न पड़ा, उलटे वे परम दार्शनिक मुद्रा में प्रवचन भी करने लगे, "पहले-पहल हमें भी रोशनी की लकीर पर पाखाना करने में दिक़्क़त होती थी, लेकिन जब देखा बड़े-बड़े ये-ई करते हैं, तो...अब तो उन्हीं की तरह अपना दिमाग़ भी साला

इस बाथरूम में ही खुलता है। पाखाने पर बैठने पर ही हम इस मुल्क और इसके सियासती मसलों पर ज़रा ग़ौर फ़रमाते हैं। महँगाई। ग़रीबी! चुनाव! कमीशन" वे हर शब्द पर काँख रहे थे, फिर पस्त आवाज़ में निःश्वास छोड़ बैठे, "जा स्साला! एक भी नहीं उतरता। कल बुँदिया कुछ ज़्यादा ही खा गया। पहले सोचा ही नहीं कि...अच्छा वी.पी. सिंह के बारे में आपके क्या ख़याल हैं! उनके साथ भी तो...और वजीरे आजम को मान लीजिए, हटना पड़ गया, तो वे क्या करेंगे...? अरे बोलिए भी जनाब, ये सवाल अक्सर इस वक़्त पेट में मरोड़ खाते हैं।" उन्होंने कुछ पल तक उसे अपनी पहेली बूझ लेने का मौक़ा दिया, फिर हँस पड़े, "नहीं बता पाए न! अरे हमसे पूछिए, चुपचाप फ़िल्म में चले जाएँगे। दोस्त हुई है वहाँ, चानस दिलवा देगा—क्यों?"

ऐसी जिरह और इस हालत में! पानी छूकर वह हड़बड़ाकर उठ खड़ा हुआ। हबीब मियाँ नाराज़ हुए, "भाग गए न अखाड़ा छोड़कर! अपन तो जब तक इस बुँदिया को पछाड़ न लेंगे, तब तक..."

"यह बुँदिया आपने कब खा ली?" अब वह बोल सकता था।

"अरे मत पूछो। वो अपना सेठ है न राघोमल। रात माल उसके गोदाम में रखवाने गया न, तो देखा, वहाँ बुँदिया छन रही है। अपना सेठ हर आज़ादी के मौक़े पर बुँदिया छनवाता है। कई-कई स्कूलों, क्लबों में दान करता है, जहाँ उसे झंडा उड़ाना होता है। हम उसके बाप के ज़माने से उसके साथ धन्धा कर रहे हैं—पिछले चालीस सालों से। चालीस सालों का फ़र्क़ हम बता सकते हैं, पूछो क्या? पहले लोग उसके बाप से नफ़रत करते थे। अब उसकी इज़्ज़त करते हैं तो हमारे मन में भी एक नेक ख़याल आया, जब वो साला ऐसा हमारी बदौलत कर सकता है तो हम ख़ुद ई क्यों नहीं कर सकते। बस, एक टिन रख लिया बचा के डालडे का। छनवा दी हमने भी, लेकिन हमसे पचे, तब न।"

"तो गोया कि आप भी इस बार झंडा उड़ाएँगे?"

"हाँ जी, इस ख़ुशी में एकमुश्त इतनी तैयारी कर ली कि...चलिए, बताते हैं।"

"आप ही उड़ाएँगे या वो सेठ?"

"तुम ही उड़ा दो न।"

"मैं?"

"हाँ, क्या हुआ?"

"मुझे तो आपकी बस्ती पर फ़िल्म बनानी है।"

"अरे तब तो और भी अच्छा है, हमारे डिब्बे में मशीन-वशीन फिट कर दो।"

"लेकिन चाचा, यह डॉक्यूमेंटरी फ़िल्म है। इसमें सब बातें सच्ची होती हैं—इजाज़त देंगे न आप?"

"सच्ची...?" हबीब मियाँ का चिबुक संशय में हिलने लगा।

वह उनकी इस मुद्रा पर घबरा गया। दूर कहीं से गाड़ी की बत्ती दिखी और उसे बहाना मिल गया। "चाचा, लगता है, इसी पटरी पर कोई गाड़ी आ रही है। उठिए अब!"

हबीब मियाँ ने डिब्बा उठाया, तो हल्का लगा, "जा स्साला!"

"क्या हुआ?"

"सारा पानी चू गया—आज़ादी की तरह।" वे लुंगी समेट उठ खड़े हुए, "आज़ादी! आज़ादी!! आ...जा...दी!" कहते हुए ख़ाली डिब्बा झुलाते हुए वे चल रहे थे, जैसे पावन ब्राह्म मुहूर्त में कोई मुक्त उन्मुक्त नागा संन्यासी अभी-अभी एयरकंडीशंड कोच से उतरा हो और जनता के गणतांत्रिक अधिकारों और सोए संविधान की अलख जगाता हुआ चला जा रहा हो।

यूनिट के तीन अन्य सदस्यों और कैमरे आदि को लिवा आने के लिए

हबीब मियाँ उसके साथ ही गए और छह बजते-बजते सबके साथ लौट भी आए। उस बड़े नलके के पास, जहाँ स्टीम इंजिन पानी लिया करते हैं, कुछ देखकर उन्होंने उसकी बाँह रहस्यपूर्ण अन्दाज़ में दबाई। बस्ती की चौदह-पन्द्रह साल की लड़की पानी से अपनी मिट्टी की कलशी भर रही है। वहीं पास ही खड़े हैं हवलदार कुन्दन सिंह। कुछ झिझकते, कुछ झुँझलाते पूछ रहे हैं, "टॉर्चवा ले आई है का...?"

"ना!" कहते हुए निर्विकार भाव से भरी कलशी उठाकर बग़ल में दबाकर चल देती है रधिया! कुन्दन सिंह मचकते हुए उसे पूछताछ करते हुए पीछे-पीछे चल रहे हैं।

सारा माजरा समझाते हैं हबीब मियाँ, "रात हवलदार पेट्रोलिंग पहरे पर थे। वहीं बुलाया होगा रधिया को। किसी गाड़ी के खुले फाटक में कटी होगी रात। हवलदार को 'खर्र-खाँय' सोता पाकर चुपके से उठी होगी रधिया। टॉर्च चमकी होगी। लेकर चली आई होगी।"

"तो क्या यहाँ यह सब भी होता है?"

"यहाँ क्या नहीं होता।"

बस्ती में आते ही हवलदार पिनपिना उठते हैं, "हम एक-एक का तलाशी लेंगे।" ग़ुस्से में उनकी आँखें उलट गई हैं और पलकें झपक रही हैं।

हबीब मियाँ का चिबुक हवलदार की झपकती पलकों पर ताल देने लगता है। दूर से ही सलाम ठोंकते हुए सबको फटकार उठते हैं, "तुम लोग एकदम-ए जंगली रह गया। जिस डाली पे बैठता है, उसी को काटता है। पहरेवाले सिपाही की कोई बन्दूक उठा लाए, जूता उठा लाए, टॉर्च उठा लाए, कित्ता बेजा बात है।"

"अरे हबिबवा...! मारेंगे दू जूता!" बजबजा रहे हैं आँख के कोये, "सरकारी टॉर्च है सरकारी! समझा? शाम तक खोज के न भिजवा दिये, तो पुलिस आएगी, फिर हमको मत बुलाना।" कुन्दन सिंह के आख़िरी

वाक्य उस पर नज़र जाते ही संयत हो उठते हैं, "अरे डाइरेक्टर साहब! आप हियाँई हैं।"

"जी, आपने ही भेजा था।"

"तनी सँभलकर रहिएगा। ई सब एक नम्बर का हरामी हैं।" कहकर वे लौटने को उद्यत होते हैं।

"हवलदार साहेब! हवलदार साहेब!" हबीब मियाँ विनीत भाव से सामने खड़े हो जाते हैं, "आप जा रहे हैं, तो बस्ती का झंडा कौन उड़ाएगा?"

वह चौंका! गोया कि अब उसकी ज़रूरत नहीं रह गई हबीब मियाँ को! झंडोत्तोलन के लिए उससे योग्य आदमी मिल गया था उन्हें।

कुन्दन सिंह गरदन टेढ़ी कर सूँघते हैं बात को, "झंडा...?"

"हाँ, आज आज़ादी है न? टॉर्च हम भिजवा देंगे। आप हमारे माँ-बाप हैं। कोई मज़ाक़ किया होगा, चुराने का हिम्मत किस साले में है?"

कुन्दन सिंह ने उसकी ओर देखा, "आप तो गियानी-गुनी आदमी हैं। क्या किया जाए?"

"जब इनकी यही इच्छा है, तो मान जाइए न!"

असमंजस में पड़ गए हैं कुन्दन सिंह, सिर हिल रहा है चिन्तन की मुद्रा में, "ना! इस बार नहीं, अगली आज़ादी में तुम लोगों का मन-कामना ज़रूर पूरा करेंगे।"

"तब तक ई साला हबीब ज़िन्दा न रहे तो...? ना हवलदार साहब, निराश मत करें।" हबीब मियाँ ऐसे गिड़गिड़ा रहे थे, जैसे उनकी बेटी की सगाई हो।

"इस दफ़ा खद्दर का कुरता-पाजामा धोबी भट्ठी में डालकर ख़राब कर दिया।" इसके साथ ही धोबी के साथ कई आत्मीय रिश्ते उन्होंने जोड़ डाले।

"ओह, उससे क्या! है तो खद्दर का ई न! घी का लड्डू टेढ़ा भला!"

पिघल रहे हैं हवलदार, "ई साला धोबी, जो न करे! मारेंगे दू जूता।"

"छिमा कर दीजिए हवलदार साहेब, आज का दिन छिमा का दिन है।" बूढ़ी मँगरी ने हाथ जोड़ लिये, तो हवलदार ने धोबी को 'छिमा' कर दिया। अब वे मानसिक रूप से झंडा उड़ाने के लिए तैयार हो चुके थे, "का जी डाइरेक्टर साहब, इन लोगों का दिल तोड़ना ठीक नहीं है न।"

"जी।"

"लेकिन, इसमें कुछ बोलना-वोलना पड़ता है न। ऊ सब बता दीजिएगा। वैसे तो हम कुछ-कुछ जानते भी हैं जैसे कि ई कहेंगे—देश को गांधी जी ने आज़ाद कराया। कराया तो बहुतों ने मगर कांग्रेसी यही बोलते हैं, अब गांधी जी के साथ जवाहरलाल, इन्दिरा गांधी और मोतीलाल का भी नाम जोड़ दें। सरकारी आदमी हैं न।"

"और लालबहादुर शास्त्री, चाहे नेताजी-वेताजी का नाम?"

"कोई ज़रूरत नहीं, गड़बड़ा जाएगा।"

"हाँ जी सरकारी आदमी हैं। बेफ़ालतू बात ठीक नहीं तो देश को मोतीलाल, जवाहरलाल, इन्दिरा जी और गांधी जी ने आज़ाद कराया। ठीक?"

"और संजे गांधी...?" हबीब मियाँ ने संशोधन पेश किया, "उनका नाम पे भी बहुत कुछ है।"

"तुम चुप रहो तो।" हवलदार की डाँट खाकर सिटापिटा गए हबीब मियाँ।

"इसके बाद बोलेंगे, हम बहुत आगे बढ़ आए हैं।" भावावेश में हवलदार भचकते हुए कई क़दम आगे बढ़ गए, "मगर हमको अभी और आगे जाना है।" इस बार उन्होंने क़दम बढ़ाए ही थे कि रधिया ने टोक दिया, "आगे गड्ढा है।"

आगे सचमुच गड्ढा था। सहम गए हवलदार, "तुम लोग इसको लेबल नहीं कर सकता। काल्ह एक गोड़ तो तोड़वा दिया, आज दूसरका गोड़ भी टूटते-टूटते बचा?" संयत होने में उन्हें ज़्यादा वक़्त न लगा। "इसके बाद क्या तो...नारा है, हाँ इनकिलाब जिन्दाबाद!"

"बोलो-बोलो, हवलदार कुन्दन सिंह की जै।" हबीब मियाँ बोले।

"जे!" हबीब मियाँ ने चटपट झंडोत्तोलन की बाक़ी रस्म भी निबटा दी। बोले, "हवलदार साहेब, आपके भासन के बाद हमारा एक ठो गाना होगा। सुनाएँ..."

"सुनाओ!"

हबीब मियाँ ने खखारकर कहा, "जनाब सदर साहब तवज्जो चाहूँगा..."

खुशियाँ नईं मना लो कि पन्द्रह अगस्त है,
दो-चार जूते खा लो कि पन्द्रह अगस्त है।

हवलदार ने आँखें बन्द कर गवेषणा की, फिर लेड इंडिकेटर की तरह उनकी आँखें पिटपिटाने लगीं, "पहला लाइन, जे है से, ठीक है।...मगर दुसरका लाइन गड़बड़ है। काहे से कि उसमें हिंसा की बात। गांधी बाबा बोले थे कि हिंसा से दूर रहो।"

"लेकिन जूते मारने की बात थोड़े-ई है इसमें। जूते खाने की बात है।"

"तब ठीक है। अच्छा सुनो हबीब, सिरफ भासन से काम नहीं चलेगा। रासन भी चाहिए। सेठ राघोमल जहाँ-जहाँ झंडा उड़ाने जाते हैं, बुँदिया भिजवाते हैं।"

"अरे उसका भी इन्तज़ाम कर लिया है हवलदार साहब। आपकी शान में कोई बट्टा नहीं लगने पाएगा।"

"बुँदिया और तुम?"

"हाँ, कल रात जो सील तोड़ा, तो डालडा निकला—जा स्साला! बेसन चीनी तो पहले ही मिला था।"

"शाबाश हबीब, शाबाश। अच्छा अब बताओ कि झंडा कहाँ है?"

"है मँगा रहे हैं।" कहकर हबीब मियाँ ने कुतबन को झंडा ले आने

को कहा। मँगरी उसे लेकर आई तो सब मिलकर उसके रंगों की शिनाख़्त करने लगे। न लाल लाल रह गया था, न हरा हरा। चक्र की जगह एक धब्बा-भर था। वे जैसे जूँएँ खोज रहे थे। आख़िर इतमीनान हो आया कि कभी यह झंडा ही रहा होगा। सबने उसे पास कर दिया और "क्या गजब कि सिल्क का था।" सबके चेहरे पर आभिजात्य कौंधने लगा।

"मगर ई झंडा...और तुमरे पास...?" हवलदार का रूल अपने पुलिसिया अन्दाज़ में तन गया।

तब मँगरी देवी ने हाथ जोड़कर झंडे की कथा बतलाई, "रेलवई का आयनटूसी का यूनियन आपिस में पिछलका पनरह अगस्त को झंडा उड़ाने में दू दल में मारपीट हो गई थी। बाद में पुलिस पकड़ के सबको ले गया और इ झंडा हुँवई कीचड़ में गिरा पड़ा रहा। हम इसको टरेन से फेंका हुआ कपड़ा समझ के उठा लाए थे।"

कथा सुनकर हवलदार कुन्दन सिंह पिछले जन्म की शाप-सी बीती बातें याद कर मुंडी हिलाने लगे, "चलो, हमरा ही हाथ से इसका उद्धार लिखा था।" क्यों डायरेक्टर साहब?

"जी!"

"तो झंडा हो गया। अब झंडे के बाद डंडा!"

"डंडा!" कुतबन डर से चार क़दम पीछे हट गया।

हबीब मियाँ दाढ़ी खुजलाने लगे, "एक ठो बाँस ख़रीद लाते हैं।"

"बाँस...?" हवलदार की आँखें फैल गईं। "बुद्धू कहीं का! अरे पूरा वेगन इस्टील ट्यूब आके उस तरफ़ यार्ड में लगा पड़ा है—दू-एक ठो निकाल के नहीं ला सकते?"

"जी अभी लाए..." चहक उठे हबीब।

"हमरे चले जाने पर ले लेना, अभी रुको। हाँ, दू-चार ठो फोटू-ओटू भी चाहिए न।"

यह सुनते ही कुतबन वग़ैरह भागकर अपने-अपने टपरों से फ़ोटो ले आए। एक बॉबी फ़िल्म का, एक शोले का, एक हेमामालिनी का और एक अमिताभ बच्चन का चित्र। फ़ोटो देखते ही फट पड़े हवलदार, "अरे ई सब नचनिया, बजनियावाला नहीं। का नाम का, गांधी बाबा, इन्दिरा गांधी, नेताजी का, भगतसिंह का और का नाम के भारतमाता का..."

मायूस हो गए लड़के। इससे ज़्यादा बड़ी दुनिया न थी उनकी।

"मेरे पास एक पत्रिका में गांधी जी की फ़िल्म का चित्र है। मगर उसमें गांधी जी का नहीं, उनकी भूमिका जिसने की थी, उसका चित्र है।" उसने कहा।

"एक-ई बात हुआ, चलेगा।" हवलदार ने सलटाते हुए कहा, "हाँ, अब सवाल है, जन-गन-मन कौन गाएगा?"

"राष्ट्रगीत...?"

"ऊँह रास्टर गीत का क्या जरूरत? जन-गन-मन।" वह चुप हो गया। कुतबन और उसके साथियों को फ़िल्म के सैकड़ों गीत याद थे, लेकिन जन-गन-मन भी कोई गाने लायक गीत है, इससे वे अपरिचित ही थे। हवलदार को अपनी प्रजा पर रोना आया।

"आप गा दीजिएगा?"

"ठीक है।"

"अच्छा ई तो बताओ, फूल-वूल का भी इन्तजाम है?" उन्होंने कुतबन से पूछा।

"फूऽऽऽल!"

"अरे माने कि झंडवा में गोल करके बँधाता है न, डोरी खींचा कि आकाश से..."

"पुष्प वृष्टि!" उसने वाक्य पूरा किया।

"हाँ तनी ई मूरख लोग को समझा दीजिए न डाइरेक्टर साहब। झंडा

उड़ाने चला है और लूर-सहूर हइये नहीं!"

"पहिलौठी है हवलदार साहब। आहिस्ते-आहिस्ते सब सीख जाएगा।" मँगरी ने कहा।

"सीखना ही पड़ेगा। दू-दू को आज़ादी का दिन होता है—पन्दरह अगस्त और छब्बीस जनवरी। साल में दू-दू बार जरूरत पड़ेगा।" यह समझाते हुए हवलदार को अचानक पिछला सन्दर्भ याद आया, "अरे तो खड़े-खड़े मुँह का देखते हो! जा के स्टेशन का फुलवारी से फूल तोड़ ले आओ।" उन्होंने कुतबन से फिर कहा।

"लेकिन हुआँ तो फूल तोड़ना मना है।" कुतबन ने शंका व्यक्त की।

"तू ही सब कानून बूझ के बैठा है!" हवलदार के डाँटते ही लड़के फुर्र हो गए।

"पाइप जल्दी उतारो। समझे न?" उन्होंने दूसरा फ़रमान जारी किया, "अभी हम टीवी में परधानमंत्री का जलसा देखने जा रहे हैं। ई भी हमरे साथ जाएँगे। फोटू लेना है, क्या जी?"

"जी-जी!" उसे द्विवेदी जी की बात याद आई। "तब तक आपके आदमी और जिस चीज़ का फोटू लेना चाहें, लेते रहेंगे।"

"जी-जी!"

"तो उठाइए कैमरा, चलिए।" चलते-चलते उन्होंने आख़िरी हिदायत दी, "देखो हमरे लौटने तक सब काम कम्पलीट रहे। अरे-रे-रे देखो, एक ज़रूरी बात तो भूल ही गए, जहाँ झंडा गड़ाएगा उस जगह को कुँआरी कन्या से गोबर से लिपवा देना।"

हवलदार के साथ उनके घर जाकर जब वह वहाँ दोबारा लौटकर आया, तो दो बातें पहली नज़र में ही उसने मार्क की—झंडोत्तोलन का समाँ बँध चुका था और बस्ती पर फ़िल्मी मस्ती छा चुकी थी। और तो और कुतबन का मुंडित सिर भी गांधी टोपी से ढका हुआ था। हबीब मियाँ ने

आगे बढ़कर मुख्य अतिथि हवलदार साहब का स्वागत किया और सारी तैयारी दिखाने लगे।

"लेकिन तुमको तो बोले थे कि इस जगह को कुँआरी कन्या से लिपवा देना।" वे भड़क गए।

"येई काम तो नहीं कर सके हवलदार साहेब।"

"काहे..."

"हमरा समझ में नहीं आया कि कुँआरी है कौन...? रधिया को कह दें....?" उनके होंठों से धीरे से यह प्रश्न झरा।

कुन्दन सिंह 'हाँ' कहने को उद्यत हैं, मगर हबीब मियाँ की आँखों में शरारत की बू है। उनकी पलकें जुगनुओं-सी झपकने लगती हैं और इसी ताल पर हबीब की चिबुक भी जुम्बिश खाने लगती है। अचानक रूल लेकर खदेड़ लेते हैं हबीब को, "स्साले मज़ाक़ करते हो!"

अन्ततः रधिया आई। उसने गोबर से उस जगह को लीपना शुरू कर दिया। उन दोनों के लिए दो स्टूल आए, जिस पर बैठकर वे इस क्रिया को देखने लगे। चाय पीते-पीते गद्‌गद हो उठे हवलदार, "कुछ भी कहें डाइरेक्टर साहब, आपकी इस फ़िल्म को लेकर बहुत उत्साह है हियाँ। द्विवेदी जी और दूसरे अफ़सर लोग, सेठ राघोमल जी, हियाँ बस्ती का बच्चा, बूढ़ा, जनाना सब देखना चाहते हैं कि कैसी बनी! का जाने कैसा दिखाई पड़े उसमें! सबके मुँह में एक ही सवाल है।"

"फ़िल्म!" स्टूल पर बैठे-बैठे उसके दिमाग़ में तरह-तरह के कोलाज बन-बिगड़ रहे थे। कभी वह देखता कि प्रधानमंत्रीनुमा कोई व्यक्ति उनका अभिनय करते हुए अटक-अटककर परची देख-देखकर जबरन बोल रहा है, "कुछ लोग हैं जो इस देश का भला नहीं चाहते, देश को बरबाद करने पर तुले हैं..." उधर से सेठ राघोमल मंत्री बने बोलते, "रेलवे राष्ट्र की सम्पत्ति है। हम एक-एक पैसे के लिए राष्ट्र की जनता के प्रति जवाबदेह हैं।" ये

दोनों आवाज़ें एक-दूसरे से टकराने लगतीं। इसके साथ ही हबीब मियाँ का बोलता चेहरा भी इम्पोज हो जाता। इसी पर राघोमल के गोदाम में हबीब मियाँ का सिलतोड़ी का सामान पहुँचाने का दृश्य भी चस्पाँ हो जाता और राघोमल जगह-जगह झंडे उड़ा रहे हैं। बुँदिया बँटवा रहे हैं—इसका दृश्य भी। दृश्य और आवाज़ें इस कदर गड्डमड्ड हो जातीं कि पता न चलता कि कौन सा दृश्य कहाँ का है और कौन बोल रहाहै। सबसे ऊपर द्विवेदी जी की आवाज़ मँडराती, "ऊपर से नीचे तक यह एक वृत्त है।" कुन्दन सिंह सैल्यूट मारते, "यस सर!" फिर पाँव की मोच से कराहकर गिर पड़ते कुन्दन सिंह।

दूसरा अक्स उभरता—एक मालगाड़ी आ रही है। ड्राइवर की जगह कुन्दन सिंह, गार्ड की जगह राघोमल है। कोई हाथ कम्प्यूटर का स्विच दबाता है। सिग्नल की बत्ती लाल हो जाती है। गधे पर सवार मुंडित सिर लिये फ़िल्मी हीरो आता है। अरे, यह तो कुतबन है! सील तड़ाक-तड़ाक टूटते हैं। सामान और पेटियाँ हाथों-हाथ राघोमल के गोदाम में, कोई हाथ कम्प्यूटर के स्विच दबाता है, सिग्नल हरा होता है। राघोमल हरी झंडी दिखाते हैं। कुन्दन सिंह गाड़ी स्टार्ट करते हैं।

एक तीसरा कोलाज...हबीब मियाँ उसके सीने पर सवार हैं, "सबको पता है कि कहाँ क्या हो रहा है। पता नहीं है?" "जी-जी" कहकर वह उनकी गिरफ़्त से छूटने की प्राणपण से कोशिश कर रहा है। अब वे दोनों आमने-सामने बैठकर पाखाना करते हुए देश की सियासत बूझ रहे हैं। ऐसे कितने-कितने कोलाज वह उठा-उठाकर रधिया को दे रहा है। रधिया लीप-लीपकर उन्हें चिकना बना रही है।

"ए डाइरेक्टर साहब," कुन्दन सिंह की आवाज़ दूर से आती है। वह सँभल जाता है।

"हियाँ हमरा से सब कोई पूछ रहा है कि जो फिलम बन रही है, उसका नाम का है? एई बात साहब लोग भी पूछ रहे थे।"

"नाम?"

इसी बीच गोबर से सने गन्दे हाथों में कोई दफ़्ती उठाकर पूछती है रधिया, "ई कोई काम का चीज़ है कि फेंक दें?"

दंग रह जाता है वह इस संयोग पर, पृष्ठभूमि में कुन्दन सिंह और कुतबन खड़े हैं और सामने दफ़्ती, जैसे रधिया उस फ़िल्म का मुहूर्त शॉट दे रही थी—"मैं चोर हूँ, मुझ पर थूको!"

[रचनाकाल—1989-1991, प्रकाशन वर्ष 1995]